경단녀 전업주부 매일 성장기

작은 습관, 빵빵한 자존감

경단녀 전업주부 매일 성장기

작은 습관, 빵빵한 자존감

뱅크북

차 례

들어가는 글

"엄마! 유치원에서 수업 촬영했어. 핸드폰으로 볼 수 있대. 얼
른 봐봐"

"그래? 알았어. 핸드폰 충전 다 하면 볼게"

며칠 전에 유치원 참관 수업이 취소되었다. 코로나로 인해 학
부모들의 출입 제한이 결정되었다고 한다. 대신 매일 수업 영상
을 유치원 카페에 올려준다고 했다. 깜빡하고 있었는데 채민이의
말을 듣고서야 생각이 났다. 하지만 어쩌지. 쓰고 있던 글을 멈출
수가 없는데. 솔직히 아이의 수업 동영상보다 글을 어떻게 쓸지
가 지금은 더 궁금하다. 핸드폰 충전한다는 말로 둘러대고 다시
노트북 앞에 앉았다.

나를 위한 일이 있다는 것. 아이보다 내가 우선인 일상이 이어
지고 있다. 아이에겐 미안해도 나의 일을 먼저 한 후의 가뿐함이
좋다. 오히려 육아에 더 집중할 수 있다. 아이와의 약속도 있으니

오래 앉아 있을 순 없다. 바짝 집중하기 위해 나만의 세계로 들어간다. 클래식 FM을 틀어놓는다. 어느새 아이도 옆에 앉아서 그림을 그린다. 완성한 그림을 들고 빈 벽을 찾아다니며 테이프로 붙이느라 바쁘다. 아이와 한 공간에서 각자의 시간을 보낼 수 있다니. 이 평화가 깨지기 전에 부지런히 자판을 두드려야지.

푸석푸석한 얼굴로 애 둘을 데리고 다녔다. 아이가 유치원에 가고 나면 뭘 해야 할지 몰랐다. 사람을 찾지도 꿈을 찾지도 않았다. 담을 쌓기에 바빴다. 무기력한 일상에 꿈이란 없었다.

이제 꿈이 있다. 시소에 아이와 남편이 앉아 있다. 반대편에는 나와 내 꿈이 있다. 시소는 오르락내리락 멈추지 않는다. 제법 박자를 맞춰 나가는 중이다. 일방적인 게임이 아니다. 비슷하게 서로를 마주 보며 움직인다. 집안일과 육아가 버거워서 매사 무기력한 나는 이제 없다. 남편과 아이에게 이끌려 가기만 했던 나는 이제 없다. 하루 중 나를 위해 쓸 수 있는 시간을 최대한 만들어 내기 위해 머리를 굴린다. 나를 위한 것이 늘어가는 재미가 쏠쏠하다. 일상의 활력이 되고 생기가 돌기 시작했다.

신기하다. 아이가 커가면서 할 일은 늘어나고 체력은 줄었다. 하지만 가슴 속에서 꿈틀거리는 힘은 커지는 중이다. 환영할만한 긍정적인 신호다. 아이, 남편만을 바라보며 내 팔자가 어쩌고, 저쩌고 하면서 투덜거렸다. 부정적인 기운을 사방팔방 뿜어댔다. 밑바닥까지 내려가서 희망 없는 나를 마주했다.

두려웠지만 문을 열고 나왔다. 다행히 다른 세상이 있었다. 용기를 내어 혼자서 뚜벅뚜벅 걸었다. 생각했던 것보다 훨씬 큰 성취감을 맛볼 수 있었다. 온전히 "나"를 위한 일에 대한 갈증을 조금씩 해소해나갔다.

여전히 애 둘 데리고 다니는 전업주부다. 그게 어때서. 누군가 내 겉모습만 보고 안쓰럽다고 해도 괜찮다. 일일이 내 꿈을 말할 필요는 없으니까. 놀이터에서 집에 들어가며 생각한다. 얼른 들어가서 책 한 장이라도 읽고 힘을 내야지. 라면서 말이다. 빨리 저녁을 먹고 치우고 내 시간을 만들어야겠다는 생각뿐이다. 서두르자, 아이들아.

아이를 데리러 가는 시간이 떳떳하다. 각자의 자리에서 충실하게 시간을 보내고 만난다. 더 반갑고 사랑스러워 보이는 아이들이다. 어느 날은 카페에서 시간을 보내다가 허겁지겁 가방을 둘러매고 유치원으로 뛰어가기도 한다. 내 할 일을 하다가 깜빡한 나를 보며 웃음이 난다. 오늘이야말로 완벽하게 나만을 위한 시간을 보냈구나. 아주 만족스러워! 이제 육아와 집안일에 진심으로 집중할 수 있겠구나 싶다.

습관을 통해 자존감을 끌어 올렸더니 나를 잘 이해하게 되었다. 감정 조절에 실패하는 나도, 목표한 것을 해내지 못하는 나도, 있는 그대로 인정할 수 있다. 조급해하고 불안해하기보다 할 수 있는 것에 진심을 쏟는 내가 되었다. 이런 마음의 여유가 찾아오는 날도 있구나. 남들 눈에 보이는 나를 내려놓으니 진짜 중요한 건 가까이 있다는 걸 알게 되었다. 불필요한 감정 소모를 줄여나 갔다. 가볍고 개운한 삶이 일상이 되어간다.

덩달아 상대방을 보는 눈도 달라졌다. 특히 남편에 대한 고마움이 커졌다. 매일 아침 무거운 몸을 이끌고 나갔다가 들어오는 진심을 알게 되었다. 피로가 풀릴 새도 없이 다시 생존 현장으로 뛰어드는 마음을 느낄 수가 있다.

나를 사랑하니 남편과 아이를 향한 감사와 사랑이 날이 갈수록 커져만 간다. 연습하고 훈련하니 부족한 자존감과 사랑이 매일 피어난다. 나만의 시간을 만들어 책을 읽고, 걷기를 하고, 영어 공부도 한다. 아이와 같이 책을 읽고 바깥 놀이를 한다. 집안일이 버겁지 않도록 간소하게 살림을 유지해나간다. 습관으로 달라진 나에게 만족한다. 이 정도면 나만의 속도로 괜찮게 사는 거 아닐까?

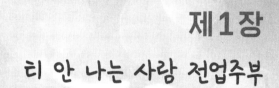

제1장

티 안 나는 사람 전업주부

1. 월화수목금금금

주말의 설렘이란 없었다. 일주일이 똑같은 날들이었다. 오히려 가족들이 집에 머무르는 시간만큼 일거리가 쌓이는 날이 주말이다. 그래서인지 주말 내내 다가올 월요일을 손꼽아 기다린 적도 있었다.

육아와 집안일은 시작은 있지만, 끝이 없었다. 아직 엄마의 손길이 필요한 어린아이들이었기에 잠드는 순간까지 엄마의 임무는 계속된다. 겨우 잠자리에 들어도 새벽에는 번갈아 가며 잠투정을 하는 아이들에게 시달린다. 아기 띠에 아이를 안아서 달래 가며 다시 재운다. 조심스레 아이를 눕히고 나니 눈꺼풀이 그대로 감긴다. 아기 띠를 허리에 맨 채로 잠에서 깨던 날도 수두룩했다. 억지로 몸을 일으켜 어제와 달라질 것 없는 마음으로 하루를 보내기 일쑤였다.

그나마 아이들이 신생아였을 때는 남편이 출근하지 않는 주말이 기다려지기도 했었다. 툭하면 우는 아기를 교대로 맡을 수 있었으니 말이다. 주말에 남편이 있으니 마음은 편안했지만, 눈에 보이고, 미뤄둔 집안일은 여전히 나의 몫이었다.

"주말인데 어디 드라이브나 다녀올까?"
"그래. 바람 쐬러 나가자."

대답하자마자 후회가 밀려왔다. 아이들의 짐을 챙기고, 옷을 입히고, 가는 차 안에서는 번갈아 가며 징징거리는 아이들을 돌봐야만 했다. 도저히 드라이브를 만끽할 수가 없었다. 그냥 주말도 똑같은 날이 되어버리는 거다. 내키지 않는 드라이브는 그저 모자란 잠을 보충하는 시간이 되어버렸다. 이도 저도 아닌 시간만 보내다 집에 들어오는 일이 잦았다.

집에 돌아와서는 가방을 정리하고 아이들을 씻기고 식사 준비를 하는 평소의 패턴대로 움직인다. 갑자기 내가 뭐 하고 있는 건가 싶은 생각이 들어 한마디 했다.

"같이 나갔다 들어온 건데 왜 나만 쉴 틈 없이 움직이는 거지?"

"그냥 둬. 이따가 치워"

"이따가 치울 사람도 나야. 나중에 한다고 그때는 좋은 마음이 생기기나 하겠어?"

남편과의 대화는 항상 이랬다. 서로의 말 한마디가 서운하게만 느껴지고 나만 억울한 것 같았으니까 말이다. 인정을 바라고 있었다. 집에서만 있으니 아무것도 아닌 것 같은 나의 감정이 잘못된 것이 아니라는 타인의 인정 말이다. 나도 인정하고 싶지 않은 내 모습을 어찌 상대방이 인정해줄 거라고 기대했을까.

집안일과 육아가 벅차면 어떤 부분이 힘든지, 도움을 요청할 방법은 무엇인지에 대해 생각해 볼만도 했다. 당장 하기 싫다면 잠시 놓아둘 여유도 필요하건만, 억지로 나를 몰아붙였다. 툴툴거리며 집안일을 하고, 아이들을 돌보는 건 나도 물론이고 옆에 있는 가족까지 불편하게 했다.

주말을 보내고 다시 혼자 집에 있는 시간. 막상 고대하던 시간이 돌아와도 달라진 나는 어디에도 없었다. 제대로 쉬면서 충전할 생각은 하지 않았다. 아무것도 하지 않는 것이 나를 위한 것이라는 자기합리화였다. 차라리 아무것도 안 한 그 시간에 잠이라도 잤더라면 체력 회복에는 도움이 되었을 거다. 별 의미 없는 것들을 하느라 하루 관리 실패자로 살았다. 아이들이 오기 직전에서야 겨우 집안일을 했다. 무기력하고 발전 없는 나를 한 번만이라도 제대로 들여다봤었다면 어땠을까.

　가족이 없는 혼자만의 시간조차 월화수목금금금처럼 보내고 있었던 거다. 육아와 집안일을 핑계 삼아, 만사 귀찮아하며 일상을 회피해버렸다. 적극적으로 상황을 바꿀 용기를 내는 것보다 회피가 훨씬 쉬웠으니까. 그냥 두는 게 일상의 유지라고 믿었다. 그것은 유지가 아니다. 점점 나의 자리가 뒤로 밀려나는 일이었다. 오로지 가족을 위한 희생만 남아있는 것처럼 말이다. 설렘으로 기다리던 주말이 없어진 것처럼 나를 위한 가슴 뛰는 일도 없어졌다.

2. 육퇴는 나의 꿈

  직장인들의 낙이 퇴근 시간이듯이, 전업주부들 역시 육아 퇴근 시간을 기다린다. 조기 퇴근으로 이어지면 누릴 수 있는 기쁨은 배가 된다. 아이가 왠지 일찍 잠들 것만 같은 예감이 드는 날이 있다. 초저녁부터 잠투정한다거나, 낮잠을 건너뛴 채 열심히 온몸을 불태우고 있는 아이를 볼 때가 그렇다. 올라가는 입꼬리를 애써 숨긴 채 혼자만의 상상에 빠진다. '아이들이 일찍 잠들면 뭐 할까?' '잠들면 씻기지 말고라도 재워야지' '제발 오늘은 일찍 성공해보자'

  나의 속셈을 알아차리기라도 한 듯 아이들은 잘 생각이 전혀 없다. 어떻게 이럴 수가 있지? 기대가 크면 실망도 큰 법이라 했던가. 괜히 설레발 친 행동과 말을 주워 담고 싶다. 항상 이런 식이었다. 뭔가를 기대하면 결과는 반대로 이어지는 것이 육아를 통해 알게 된 법칙이었다. 그래도 희망의 끈을 쉽게 놓고 싶지는 않다. 어제보다 조금은 앞당길 수 있으리란 기대감의 불씨는 아직 살아 있다.

저녁 시간, 맘카페에서는 오늘 자 육퇴 인증 사진들이 쏟아져 나온다. 아이들이 잠든 시간, 육퇴 후의 일정, 드라마 화면, 야식 사진이 활발하게 올라온다. 실시간 계속되는 육퇴 인증에 동참하지 못하면 오늘의 육아 실패자가 될 것만 같았다. 부럽다는 댓글이 순식간에 카페를 뜨겁게 달군다. 육퇴를 꿈꾸고 있는 주부들의 저녁 풍경이다.

드디어 아이들이 잠이 들었다. 두 아이가 동시에 잠이 드는 기적은 일어나지 않는다. 어쨌든 별 어려움 없이 임무를 완료했다는 것에 의의를 두기로 한다. 까치발을 들고 조심히 방에서 나온다. 남편과 속삭이듯 대화를 해야 한다. 조금이라도 큰 소리를 내었다가는 어떤 상황이 펼쳐질지에 대한 경험치는 쌓았으니 조심한다. 육퇴를 했으니 회포를 좀 풀어야겠다. 아이들과 있을 때는 왜인지 제대로 음식의 맛을 느낄 수가 없다. 육퇴 후에는 허기부터 채워야겠단 생각부터 든다. 미리 생각해두었던 음식을 포장해와서 먹으면 그만큼 행복할 수가 없었다. 육퇴의 기쁨을 누리며 하루를 마무리하는 것이 일상이 되었다.

조용한 밤. 거실에 앉아 있으면 어디선가 아이 우는 소리가 들린다. 혹시 방 안에 아이들이 깬 건가 싶어서 화들짝 놀라기를 여러 번 겪었다. 층간 방음이 부실한 아파트 생활에서의 소음은 밤에 더 심하다. 공동생활을 하는 곳이고, 저녁에는 사람들이 집에 있는 시간이니 웬만하면 이해하려고 한다. 여러 소음 중 아이의 울음소리는 마음이 짠하다. 아직 퇴근하지 못한 어느 집의 엄마, 아빠의 상황이 눈에 그려진다고나 할까. 신생아 하나를 어떻게 할 줄 몰라서 매일 밤잠을 설치고 환한 새벽을 맞이했던 몇 년 전의 그때가 생생하다. 오히려 그때는 육퇴라는 단어조차 떠올릴 틈도 없이 하루하루가 끝이 보이지 않는 터널 속이었다. 지금은 모든 것이 좋아졌다는 생각에 감사함을 갖는다.

늦은 밤, 아직 아이를 안고 있을 누군가에게 혼잣말을 건넨다.

'힘내요. 다 지나가요.'

또 어디선가는 아이와 엄마가 실랑이를 벌이는 듯한 고성이 들린다. 나만 아이들한테 화내고 소리 지르는 건 아니었구나 싶어서 웃음이 나온다. 그러다 방금까지의 나와 다를 것 없다는 생각에 기분이 이상하다. 하루 동안 아이들과 보낸 시간을 떠올린다. 마음과 다르게 항상 다정하지만은 않았던 나의 모습을 반성한다.

순간만 잘 참고 넘겼어도 될 일들이 떠오른다. 어려운 게 아니라 하기 싫은 일들이 더 많은 게 육아다. 내 욕구보다는 필요에 따라 움직여야 하는 것이 육아다. 서로 다른 의사를 동시에 표현하는 두 아이를 데리고 다니는 것은 많은 에너지가 소모되는 일이다. 놀이터에서 있다 보면 '아, 집에 가고 싶다'라는 말이 절로 나온다. '아 오늘은 일찍 자고 싶다' '아 오늘은 아무것도 하고 싶지 않다'라는 말 또한 단골손님이다.

'엄마니까 잘해야지'라는 마음으로 하루를 시작한다. 하지만 그 마음가짐은 오래 가질 못한다. 시간, 장소 상관없이 벌어지는 돌발 상황을 맞닥뜨리는 게 육아다. 육퇴 후, 고요한 시간에 들리는 소리는 어느 집이나 크게 다를 게 없는 육아의 현장을 그대로 보여준다. 모두 무탈하게 정시에 퇴근하면 얼마나 좋을까. 꿈의 육아 세계는 없는 것일까. 출근과 퇴근이 공평하게 이루어지면 얼마나 행복할까.

육퇴는 그토록 바랐던 시간이지만, 육퇴 또한 육아의 연장선이었다. 모든 일상이 육아의 중심으로 돌아가는 게 당연할 수도 있다. 완벽한 육퇴의 꿈은 현실에서는 온전히 내 것으로 누리기가 어려운 것이었다.

3. 나를 위한 시간은 없다

엄마, 아내, 딸, 며느리의 시간은 공공재다. 어쩌다 약속이라도 잡게 되면 아이, 남편, 가족들의 상황을 먼저 살펴보게 된다. 다수의 가족 틈에서 시간 조절이 가능하고, 필요할 때 쉽게 시간을 내어 줄 수 있는 사람이다. 그런 사람이 있기에 집 안이 수월하게 돌아가고 있음을 당연하게 여기는 건 아닐까. 당사자가 아닌 이상 그게 얼마나 큰 희생을 요구하는 것인지 알지 못하고 말이다.

나도 엄마가 되고 나서야 어린 시절 엄마가 겪었을 고충이 보였다. 지금의 나보다 훨씬 젊은 나이의 엄마는 일도 하고, 육아도 했으니 얼마나 힘들었을까. 엄마는 당연히 그래야 한다는 인식이 어린 나에게도 있었다는 생각에 미안함이 든다. 가슴이 저린다.

엄마랑 통화한다.

"엄마. 뭐하십니까?"

"그냥 있지. 오늘은 심심하네."

"엄마, 나도 심심하고 싶어. 엄마처럼 65세가 넘어야 비로소 진정한 자유를 찾을 수 있는 거야?"

모처럼 일을 쉬는 날에 심심하다고 이야기하는 엄마의 자유가 부러웠다. 65세의 엄마의 자유가 나에겐 꿈만 같다.

엄마는 명절 때마다 시댁에 갔다. 그 외에도 엄마는 최선을 다해 며느리 역할을 했다. 친할머니가 돌아가시고 나서야 엄마도 숨 돌릴 틈이 생겼다. 몇 년 전에는 큰댁에 새언니가 들어오게 되면서 엄마는 전보다는 편안하게 명절을 보낼 수 있었다.

남편은 대가족의 막내로 자랐다. 시어머님은 남편의 증조할아버지, 증조할머니, 할아버지, 할머니까지 모시고 장남의 며느리로 긴 세월을 살아오신 분이다. 집안일, 제사는 물론 당시 학생이었던 삼촌들의 도시락까지 챙기셨다고 하니 시어머님의 긴 세월의 수고를 감히 짐작할 수는 없지만, 그저 존경의 마음만 든다. 칠순이 넘으신 시어머님은 아직 김치도 담가주시고, 가족이 모이면 매 식사때마다 직접 요리해 주신다. 나도 용기를 내어 음식을 만들어볼까도 생각했지만, 어머님 표 음식에 푹 빠진 나이기에 감사하게 먹고 있다.

가족이 엄마의 손맛 가득한 음식을 먹을 수 있는 건 사랑이고 희생이다. 그저 당연한 일이 아니라 우리 어머니들은 오랜 세월 동안 가족을 위한 시간을 기꺼이 내어주고 사셨던 거다. 새삼 그 마음이 느껴져 코끝이 찡하다. 앞으로는 엄마와 시어머님만을 위한 시간을 많이 만들면서 즐겁게 사셨으면 좋겠다.

장을 볼 때도 아이, 남편 식단은 신경 쓰면서 정작 내가 먹을 건 대충, 간단히 넘겼던 적이 더 많았다. 뭐를 먹을지 고민하는 것도 나를 위해서 시간을 쓰는 것인데 말이다. 지혜롭게 시간의 틈을 비집고 들어가서 당당히 내 의사를 존중할 권리가 있다. 나를 위한 시간을 만들어 가다 보면 잊고 있었던 나에 대해 되돌아볼 수 있다.

채민이는 어린이집에 가고 다민이와 단둘이 보내는 오전은 이랬다. 유모차에 장바구니와 내 책을 넣고 집을 나선다. 장을 보고 나서 근처 안양천으로 간다. 유모차를 밀며 걷기 운동 겸 산책을 한다. 바람을 쐬면 답답했던 마음이 한결 가벼워진다. 아이도 밖에 나와서 공기를 쐬니 기분이 좋아 보인다. 걷다 보면 어느새 유모차에서 아이가 잠들어있다. 매번 잠들지 않기 때문에, 이런 행운의 날을 그냥 넘길 수가 없다. 근처 커피 전문점에 가서 커피 한 잔을 테이크 아웃 포장을 해서 나온다. 잔잔한 음악이 나오는 곳에서 우아하게 커피 한잔 마시는 여유를 부려보고 싶었다. 하지만 유모차 속 아이가 언제 깰지 모르는 일이라, 그냥 밖을 선택한다. 놀이터 벤치에 앉는다. 책을 읽으며 커피 한 모금을 마시니 숨통이 트인다. 오전의 놀이터는 조용해서 나만의 시간을 갖기에 좋다. 비밀 아지트를 발견한 기분이 이런 게 아닐까. 아이가 잠투정하면 한쪽 발로 유모차를 쭉쭉 밀어준다. 다시 책으로 들어간다. 아이가 완전히 깨면 놀이터에서 같이 놀면 된다. 내 시간을 보내고 나서 아이와 놀게 되니 억울한 마음이 조금은 사라진다. 나를 위한 일을 먼저 해놓았다는 뿌듯함에 아이와의 시간도 즐겁게 보낼 수 있다.

집에서 아이를 재우고 내 시간을 만들 수도 있다. 하지만 집에서는 눈에 보이는 것들이 집안일로 연결되기 아주 쉽다. 세탁기 돌아가는 소리, 냉장고 속 재료들이 마음을 괜히 분주하게 만든다. 나만의 시간에 집중하기가 어렵다.

에너지나 기운을 적절히 환기해주는 것도 필요하다. 같은 공간에서 반복되는 생각만 하는 것을 떨치기 위해서라도 밖으로 나와 몸을 움직이는 것이 좋다. 움직이다 보면 어느새 새롭고 활기찬 사람이라도 된 듯이 기분 전환된다.

나를 위한 시간이 없다고 생각하면 그 생각대로 지내기 쉽다. 말에도 생각에도 힘이 있다. 머릿속에서 나를 비웃고 있는 감정이라는 상대가 있다. '이래도 안 무기력해질래?'라면서 계속 나를 조종한다. 무기력을 떨쳐낼 방법은 감정이라는 상대에게 내 목소리로 말을 거는 거다.

'왜 이렇게 만사 귀찮지?' '에이 모르겠다 하기 싫은데 내일 하자' '에이 내가 뭘 하겠어. 애 보고 집안일하고 또 뭘 하겠다고,' 이런 말들은 결국 감정에 굴복하게 한다. 나를 합리화하는 건 쉽다. 입에 붙은 말만 하면서 시간을 보내게 되니까 말이다.

'또 귀찮은 마음이 올라오네? 그래도 난 해볼 건데?' '하기 싫은 건 내가 아니라 내 감정일 뿐이다. 감정 말고 나로 살 거야'라면서 크게 말했다. 에너지가 있는 말을 내뱉으니 의욕이 생겼다. 나를 위한 시간이 없다고 생각한 마음을 바꿔나가려고 했다.

뭐가 바빴던 걸까? 왜 그리 시간을 만들어내지 못했을까? 따지고 보면 의지가 없었던 거였다. 내 시간을 만들어내야겠다는 강력한 의지가 없었다. 말로만 상황을 탓했다. 할 수 없을 거라는 생각뿐이었다. 육아와 집안일은 당연한 의무다. 하지만 시간이 흐를수록 익숙함보다는 회의감이 크게 다가왔다. 반복되는 일들에 지쳐만 가고 재미가 없었다. 그건 바로 나를 위한 시간을 만들어야 한다는 신호였다.

4. 티 안 나는 사람이 되어가다

주부의 일상은 뻔할 거라는 고정관념 때문일까? 아무도 나의 하루를 궁금해하지 않는다.

어느 주말이었다. 몸 상태가 좋지 않아 따뜻한 이불 속에서 푹 쉬고 싶은 마음뿐이었다. 두 아이는 문 닫힌 방 안에 있는 엄마를 늘 궁금해한다. 반면에 똑같은 상황에서의 아빠에 대한 궁금증은 크지 않다. 왜지? 도대체 왜?

쉬고픈 마음이 굴뚝같은 상황에서도 방문을 누군가 확 열어버리는 예상 시나리오를 쓰고 있다는 것이 씁쓸했다. 당장 휴식이 시급한데 말이다.

잠깐 눈을 붙인다는 것이 시간이 꽤 지났다. 아니나 다를까. 두 아이는 번갈아 문을 열며 엄마의 상태를 여러 번 확인한다. '그럼 그렇지. 엄마를 그냥 둘 너희들이 아니지. 휴….'

몸을 추스르고 정신을 차려봐야겠다 싶었다. 그때, 문틈 사이로 결정적인 한 마디가 들렸다.

"엄마는 어제 늦게까지 도대체 뭐 했길래 아직도 자는 거냐?"

'뭐……?'

할 말이 없다. 다시 이불을 뒤집어썼다.

남편은 내가 밤새 못 잔 잠에 취해 늘어지게 낮잠이나 자는 줄 알았나 보다. 주말의 낮잠은 본인만의 영역이라 믿어왔던 사람이니 누워 있는 내가 못마땅하겠지라는 생각도 들었다. 억울한 건 난 주말에 낮잠이라는 걸 자는 사람이 아니라는 거다. 한번 낮잠이 들면 누적된 피로 때문인지 몇 시간이 훌쩍 지나가 버린다. 언제부턴가 그 시간이 아깝다는 생각이 들었다. 그래서 편하게 누워 자는 낮잠은 선호하지 않는 편이다. 대신 의자에 앉아서 잠깐 눈을 붙이거나, 알람을 설정해놓고 쪽잠을 자는 사람이 바로 나란 말이다. 그걸 잘 알고 있다고 생각한 상대가 저런 말을 하니 서운함이 커졌다.

속이 부글부글 끓는다. 저 말을 듣고 가만히 있을 만큼, 아니

상대의 말을 너그럽게 넘길 수 있을 만큼, 마음의 수양이 잘 된 사람이 아니라고 난.

새벽마다 명상이며, 요가며, 나 자신을 위한 이너피스를 백날 외치면 뭐하냐 이 말이다. 매번 이런 말 한마디에 용수철처럼 튀어 올라 상대를 쏘아붙이는 한낱 가벼운 사람이 바로 나인 것을. 조금이라도 나를 불편하게 하는 말을 들으면 바로 흔들려버리는 나인 것을. 몸이 아프니 마음도 약해지고 자꾸 못난 모습이 튀어나왔다. 서운함이 심술로 번졌다.

문을 열고 나와 쏜 첫 번째 화살.

"나라면 왜 오래 자는지 걱정 먼저 했겠다. 어디 아픈 거 아닌가 하고"

아픈 티를 내야 아는 건가? 집안일과 육아가 얼마나 정신적, 육체적으로 고강도의 일인지 일일이 설명해야 아는 건지. 피곤하니 쉬고 싶다고 양해 먼저 구해야 했던 건지. 서러운 마음이 커진다. 설명하는 것도 내키지 않았다. 왜 매번 나의 상황에 대한 설명이 필요하냐 말이다. 왜 당연한 일보다 양해를 구해야 하는 게 더 많은 건지 속상하다.

어느새 구구절절 내 사정을 늘어놓는다. 그거 늘어놓는다고 해서 내 마음이 풀리는 것도 아닌데 말이다. 그거 늘어놓는다고 해서 남편이 나를 이해해주는 기적이 일어나는 것도 아닌데 말이다.

마음속에서는 그만 멈추라는 신호가 떴다. 하지만 마음과는 다르게 두 번째 화살이 준비하고 있다. 지겨우리만큼 자주 등장하는 레퍼토리로 개운하지 않은 전개가 이어진다.

'내 팔자가 이렇지 뭐', '난 왜 아플 수도 없는 거냐고', '난 이 집에서 도대체 뭐야'…….

백날 말해봤자 아무도 나를 이해해 줄 수 없다. 항상 아이들에게는 웅얼거리지 말고 크게 말해야 엄마가 도와줄 수 있다고 이야기하면서 정작 나의 문제에 대한 도움 요청은 어리석게 하고 있었던 거다. 오히려 상대가 나를 안쓰럽게 생각하지나 않으면 다행이었다. '저 사람 요즘 마음이 많이 약해졌구나, 쯧쯧.' 이란 말이 어디선가 들리는 듯했다.

나의 문제는 나로 인해 만들어지는 경우가 대부분이다. 어떤 문제인지 잘 알고 있는 사람도 나 자신이다. 일상의 대부분을 남편과 아이들의 문제 해결에만 집중하며 시간을 쏟았기 때문일까. 수면 아래로 밀려있었던 나의 문제를 직면했을 땐 어떻게 풀어내야 할지 막막했다. 할 수 있는 거라고는 다듬어지지 않은 감정을 그대로 표출하는 것뿐이었다. 많이도 서툴렀고 어찌 보면 미련해

보이기도 했다.

왜 당당하게 나의 이야기를 하는 것이 어려웠을까. 머뭇거리거나 빙빙 돌리지 말고 이야기하면 되는 건데 말이다. 도대체 난 어떤 심보를 갖고 있었던 건지 알 수 없었다.

직접 말을 하지 않으면 아무 티가 나지 않는 사람이 되어버렸다. 집에서 애들 키우고 살림하는 여자의 일상이 다 거기서 거기지, 뭐 특별한 게 있겠어? 라는 틀 속으로 스스로 걸어 들어간 것이라고 해도 틀린 말은 아니었다.

일상과 마음을 정리할 필요가 있었다. 지금 해야 할 이유가 분명해진 거다. 글쓰기는 전업주부들이 꼭 시작했으면 한다. 나처럼 티가 나지 않는 사람이 목소리를 낼 수 있는 창구는 글쓰기였다. 나와 비슷한 처지인 사람들이 쓴 글이나 영상을 보면서 공감했다. 묵은 감정이 씻겨가는 기분이었다. 그래서 직접 써보기로 하고 블로그를 시작했다. 얼마 지나지 않아서는 브런치에도 도전해서 통과했다. 글쓰기 창구를 하나씩 늘려갔다. 새벽에는 노트에 모닝페이지를 써 내려갔다. 나의 민낯을 그대로 드러내는 글을 손으로 직접 쓰는 경험은 가슴이 뻥 뚫리는 일이었다. 반복되는 이야기를 쓰더라도 마음은 조금씩 나아지고 있음을 깨달았기 때문이다.

이런 것들이 나를 드러낼 수 있는 전부는 아니다. 거창한 것도 아니다. 나 자신을 대하는 마음을 바꾸는 데에는 확실히 도움이 된다고 말할 수 있다. 나도 달라졌으니까 말이다. 이젠 나의 일상이, 나의 존재가 티가 나지 않는다고 주눅 들거나, 속상해하지 않는다. 비밀 창구를 통해 나를 드러낼 수 있으니 말이다.

5. 어쩌다 전업주부

타고난 의욕과 끈기 부족형 인간이다. 어떤 일에 악착같이 매달려 본 적이 없다. 진득하게 붙들고 해낸 일에 대한 기억도 없다. 그런 나에게 전업주부의 선택은 어쩌면 정해진 운명이었을지도. 결혼하고 나서 몇 개월이 지났을 무렵 이직을 했다.

결혼하고 일을 그만두는 여직원들을 향한 회사의 비난을 자주 봤다. 나만은 절대 그러지 않겠다고 다짐했었다. 책임감 갖고 경력을 쌓기로 했다.

사람은 쉽게 바뀌지 않는다고 했던가. 스멀스멀 본성이 깨어나기 시작했다. 갑자기 생긴 문제가 아니었을 텐데, 관두고 싶은 생각은 계속 커졌다.

기업체에서 일하다가 대학교 산학 협력단에 지원했고 합격했다.

계약직이었다. 연봉도 현저히 줄었다. 그건 걸림돌이 되지 않았다. 현 직장에서의 야근도 싫었고, 업무도, 사람들과의 관계도다 내려놓고 도망치고 싶었다. 새로운 환경에서 일을 해보면 어떨까. 여기만 아니면 어디든 다 괜찮을 듯했다. 내 앞에 닥친 문제를 해결할 생각은 아예 없었다. 회피하고 싶은 마음으로 상황을 넘기려 한 거다. 앞뒤 볼 것 없이 지친 이 상황을 벗어나고 싶어 제대로 따져보지도 않고 이직을 결정했다.

새로 출근한 곳에서는 야근이 전혀 없었고 무조건 칼퇴근이었다. 우와 이런 곳이 있다니. 나의 선택이 틀리지 않은 것 같아서이직을 잘했구나 싶었다. 교육 공무원인 정규직과 나와 같은 계약직이 같은 부서에서 일했지만, 정형화된 상하 수직 관계도 거의 없었다. 연봉은 이전 회사보다 훨씬 낮았다는 단점 빼고는 그럭저럭 괜찮은 곳이었다. 새로운 출발이 순조롭게 이루어지고 있는 듯했다.

모든 직장 생활이 그렇듯 시간이 지나면서 업무 강도는 점점올라갈 수밖에 없다. 하기 싫은 일, 불편한 일도 감수해야 하는경우도 많다. 그리고 사회생활을 잘해나가야 하는 부분 때문에유연한 태도가 필요했다.

6개월이 지나자, 처음과 상황이 많이 달라졌다. 주말 근무도 했었고, 외근, 지방 출장까지 가게 되었다. 또 버티지 못하고 달아날 생각만 하게 된다. 그리고 결혼한 지 1년이 다 되어가는데 아이 소식이 없었다. 스트레스 때문이 아닐까 하는 생각이 들었다. 남편에게는 미안했지만, 조심스레 퇴사 이야기를 꺼냈다. 팀장님은 업무가 힘들면 부서 이동도 가능하다고 제안해주셨다. 계약직으로 같이 입사한 동기들도 더 근무해보자고 힘을 주기도 했다. 하지만 단호하게 퇴사를 결정했다. 퇴사 후의 단계에 대한 아무런 준비나 생각은 하지 않고 말이다. 하고 싶지 않았던 게 솔직한 심정이었다. 자발적으로 전업주부가 되는 길을 선택한 것이다.

퇴사를 며칠 앞둔 어느 날, 임신을 확인했다.

임신이라는 기쁜 소식으로 퇴사에 대한 씁쓸한 마음이 위로되었다. 한편으로는 다행스러웠다. 전업주부의 삶에 대한 확실한 명분이 생겼다고 할까. 몸과 마음을 편히 쉬고 싶었다. 앞으로 펼쳐질 날들에 대한 기대감에 부풀어있었다. 내가 한 아이의 엄마가 된다니!!!

전업주부의 일상은 어땠을까. 그토록 바라던 임신과 퇴사를 손에 쥔 여자는 꿈꾸던 아름다운 삶을 멋지게 살아나간다는 이야기가 펼쳐졌다면 좋았을 텐데. 현실은 호락호락하지 않았다.

아이는 배 속에 있고, 많지 않은 살림이기에 당장 집안일을 열심히 해야 할 이유가 없었다. 집안일도 습관이고 훈련이 필요한 것임을 아예 몰랐다. 시간이 많았던 그때, 초보 주부로서 여러 가지를 배워두고 익혔으면 얼마나 좋았을까 하는 아쉬움이 아직도 있다.

그때만큼 나만의 시간이 넘쳐 흘렀던 적도 없었는데. 생각할수록 아깝기만 한 황금 같은 시간이다. 전업주부가 된 이상 제대로 살림을 해나가는 것이 당연한 일인데 회피하고 있었다. 어쩌면 이렇게 모든 면에서 의욕이 없을 수가 있었던 건지. 삶에서 나를 지치게 하는 것이 도대체 무엇인지. 그때는 알지 못했다. 전혀 궁금하지 않았다는 게 맞을 수도 있겠다. 직장 생활도, 주부 생활도 어느 하나 제대로 해보려 하지 않았다.

선택은 자유라고 해도 그 뒤에는 반드시 책임이 따른다. 스스로 결정한 일에 대해 진심을 쏟지 않는 것은 제대로 살아내는 것이 아니다. 나라는 사람이 언제 한 번 진지하게 삶에 대해 고민을 해봤나 싶다. 닥친 상황에서 견디고 버텨낼 의지보다는 지금만 아니면 된다는 가볍고 성급한 결정들로 나를 괴롭혀왔음을 깨달았다.

어쩌다 보니 전업주부가 되었다. 모든 결정은 스스로 했던 것이었다. 원하는 삶에 대한 목표나 노력은 없었다. 바라는 것만 있었던 시간이었다. 주어진 상황에서 빛을 찾을지는 나에게 달렸다. 마음에 들지 않는 오늘이, 누군가에게는 간절히 원하는 삶일지도 모른다. 그런 생각을 하면 '어쩌다 보니 이렇게 되었다'는 무

책임한 말은 그만하고 싶다. 어쩌다 만들어진 상황이라 할지라도 의지가 있다면 어떻게든 바꾸어 나갈 수 있다.

6. 거울 보기가 두려운 여자

양옆에 두 아이가 꼭 붙어 있다. 신이 나서 잠들기 전까지 이야기가 끊이지 않는다. 별것도 아닌 거에 까르르 웃는 아이들이 귀엽고 사랑스럽다. 채민이는 어느새 잠이 들었는지 조용하다. 다민이가 손으로 내 얼굴을 이리저리 쓰다듬는다.

"엄마, 내일도 재밌게 놀자!"
"그래. 좋아"
"엄마, 맛있는 것도 많이 만들어 줘!"
"알았어. 약속해"

내 표정을 따라 한다. 표정이 바뀔 때마다 까르르 웃는 소리에 같이 웃는다. 내 모든 표정을 자세히 들여다보는 아이가 신기할 뿐이다. 이게 아이를 웃게 할 일인가 싶기도 하다. 마치 거울을 보고 있는 것처럼, 아이가 웃으니 나도 웃는다. 아이가 장난스럽게 표정을 지으니 나는 더 우스꽝스러운 표정을 보여준다.

종일 항상 웃고 기분이 좋은 상태는 아니다. 두 아이는 항상 나를 관찰한다. 표정, 말, 행동을 기억했다가 따라 하고, 알려준다. 아이 앞에서는 찬물도 함부로 못 마신다는 말처럼 매사 조심해야 겠다는 생각에 정신이 번쩍 든다.

육아는 내 안에 화가 많다는 것을 알게 해줬다. 화를 두 아이에게 있는 그대로 표현하는 일이 자주 일어났다. 얼마나 놀라고 겁이 났을까. 험한 세상 속, 어떤 상황에서든 나를 지켜줄 사람이라고 믿고 있는 사람이 화를 내다니 말이다.

언젠가 거울 앞에서 내 얼굴과 표정을 찬찬히 들여다봤다. 매사 불평불만이 가득한 여자가 서 있었다. 너무했다 싶었다. 이런 얼굴로 아이들을 대했다니. 표정부터 세상 불만 다 떠안고 있는데, 따뜻한 말이 나올 리가 없었다. 말과 표정은 나를 그대로 드러내는 장치다. 마음은 그게 아니라고 해도 상대는 말과 표정으로 나를 평가할 수밖에 없다. 진심을 표현하려면 표정과 말투로 보여주면 된다. 그렇지 않고서는 상대가 내 속을 알 리가 없으니 말이다. 사회생활 잘해야 한다고 하지 않는가. 자본주의 미소라는 말도 있고.

항상 웃으며 먼저 인사하는 엄마가 있다. 나도 덩달아 웃으며 인사를 주고받으니 기분이 좋다. 반면에 매번 내 인사가 허공에 흩어져버리는 경험을 하게 하는 엄마도 있다. 엘리베이터를 타면서 인사를 했는데 반응이 없다. 본인 아들에게는 상냥하게 이야기하는 걸 듣는데 이중적이라는 생각이 들었다. 웬만하면 인사는 좀 받아주지…. 인사도 하는 사람만 한다. 하던 사람은 행동에 일관성이 있다.

그런 일들을 자주 겪다 보니 나는 어땠는지 마음의 거울을 들여다보게 되었다. 그전에는 인사에 대해 신경 쓰지 않았던 게 사실이다. 모르는 사람에게 먼저 인사를 건넨다는 것이 영 내키지 않았다. 저 사람이 누군데 왜 나한테 인사를 하지? 라고 이상하다고 생각할까 봐 그랬다. 이상하게 생각하면 좀 어떤가? 인사를 받고도 대답을 하지 않는 쪽이 더 이상할 수도 있는데 말이다. 아니면 말고라는 생각으로 인사를 했다. 적어도 나에게는 떳떳해지기로 마음먹으니 어렵지 않았다. 아이와 같이 다닐 때는 더 적극적으로 먼저 인사를 했다. 아이도 먼저 인사하는 엄마를 보고 자연스럽게 배울 수 있으니까 말이다.

둘째 출산이 얼마 남지 않았을 때였다. 두 아이의 엄마가 된다는 것에 두려움이 있었다. 두 아이를 키우는 것이 두 배로 힘든 게 아니라 몇 배가 힘들어지는 것이라는 주변 말에 잔뜩 겁을 먹고 있었다. 채민이와 병원 진료를 기다리고 있었다. 한 엄마가 두 아이를 데리고 들어온다. 접수하고 내 맞은편 의자에 앉았다. 그녀의 표정은 어딘가 모르게 넋이 나가 있는 듯했다. 머리도 약간 헝클어져 있었다. 두 아이를 챙겨 부랴부랴 병원으로 왔을 장면이 떠오른다. 순간 내가 겪게 될 모습이라는 생각이 들었다.

육아는 다양한 감정의 소용돌이를 일으킨다. 예전의 내 모습을 잃어가는 것을 마주하는 것이 가장 큰 괴로움이었다. 난 원래 이런 사람이 아니었는데, 어쩌다 이렇게 변한 거지? 라는 생각이 머릿속에서 맴돈다. 그런 생각을 지워버리고 싶을 때 거울을 봤다. 거울 속 내 모습이 처음에는 낯설고 어색했다. 얼굴은 푸석푸석하고 생기가 없었다. 하지만 아이들은 그런 엄마의 얼굴을 만지고 볼을 비벼대고 뽀뽀해준다. 불만 가득한 표정보다 환하게 지은 미소를 기억하고 따라한다. 오늘은 어제보다 더 다정하고 따뜻한 엄마가 되고 싶은 마음이 든다.

타인이라는 거울도 도움이 된다. 타인의 행동이나 말을 통해 나를 발견하기도 한다. 풀지 못했던 감정의 고리들이 보인다. 뜨끔하고 괴로웠다. 거울은 확실한 효과가 있다. '이 정도면 괜찮겠지'라는 마음이 제일 위험하다. 삶은, 감정은, 쉽게 추측할 수 있는 것이 아니니까 말이다. 타인을 통해 나의 행동을 직면하고, 고민하며 성장한 나를 만날 수 있다.

남편이나 아이에게 잔소리가 쏟아질 것 같으면, 우선 나부터 돌아보는 건 어떨까. 조용히 거울 앞에 서서 나에게 말을 걸어 보는 거다. '왜 자꾸 화가 나?', '뭐가 속상하니?' '한 번 웃어보자. 웃기도 어렵네. 그래도 웃는 나는 참 보기 좋다'라고 말이다. 숨을 돌리는 잠깐을 통해 처음에 하려고 했던 잔소리가 필요하지 않다는 걸 알게 된다.

나도 누군가의 거울이 될 수 있다. 나라는 거울을 보고 좋은 에너지를 받을 수 있었으면 좋겠다.

오늘도 거울을 깨끗하게 닦는다. 나를 조금 더 선명하고 객관적으로 바라보기 위해서다. 이제는 거울 보는 것을 두려워하지 않는다. 두려움 대신 거울 속 나에게 매일 다정하게 말을 건넨다.

'점점 근사해지는 너의 삶을 응원해^^'

7. 타고나지 않은 살림 능력

엄마는 수시로 청소를 했다. 일을 끝내고 들어온 피곤한 저녁에도, 한가한 휴일에도, 먼지를 털어내고, 방을 닦았다. 일과 살림에 바쁜 엄마가 청소는 쉬엄쉬엄해도 괜찮을 것 같았는데 말이다.

물건들을 잘 정리하지 못하는 나에 대한 엄마의 잔소리는 부끄럽게도 결혼 전까지 이어졌다. 다 큰 딸자식들이 많이 가지고 있는 아이템이 무엇이겠나. 나와 동생의 신발, 옷, 가방들이 넘쳐났다. 주기적으로 커다란 봉지에 안 신는 신발, 안 입는 옷, 가방을 담는 임무가 주어졌다. 금세 커다란 봉지가 가득 찬다. 언제 이렇게 사다 날랐는지 기억조차 없는 물건들이 수두룩하다. 부모님 얼굴 보기가 창피했지만 쉽게 바뀔 내가 아니었다.

퇴근길 환승을 위해 잠실역에서 내렸다. 잠실역 지하상가는 그냥 지나칠 수가 없다. 싸게 파는 옷과 신발 가게에는 늘 사람들로 붐볐다. 기꺼이 동참해서 현명하고 지혜로운 쇼핑을 하기로 한다. 하루에 쌓인 스트레스를 풀어보자는 마음이었다. 디자인이나 품질은 중요하지가 않았다. 얼마나 싸게 살 수 있는지에만 관심이 있었으니까 말이다. 어느새 양손 가득 쇼핑백들이 들려있다. 시간도 훌쩍 지났고 피곤하다. 서둘러 지하철을 타고 집으로 간다.

다음 날 아침, 옷장 앞에서 한숨을 쉰다. 이렇게 입을 게 없다니. 어제도 쇼핑했는데 무슨 일인가 싶다. 퇴근길에 잠깐 들러 몇 개만 사야겠다. 아니면 인터넷으로 주문하기로 하고 출근길에 나선다. 머릿속을 채우는 생각은 물건 사는 것이 대부분이었다. 잠실역 지하상가에는 옷, 신발 가게만 있는 건 아니었다. 바로 옆에 교보문고 잠실점이 있었다. 옷이랑 신발을 들여다본 만큼 교보문고도 열심히 드나들었다면 어땠을까.

결혼 전까지 집안일을 제대로 해본 적이 없었다. 엄마를 돕기는 했어도 필요성에 대해서는 모르고 지냈으니 말이다. 늘 정리하고 깔끔한 집 안 상태를 유지하는 엄마 밑에서 30년을 넘게 살았다. 나에게도 엄마의 살림 유전자가 어느 정도는 있을 줄 알았다. 유전자만을 믿고 '내 살림 하나 제대로 못 챙기겠어'하는 자신감이 있었던 건지도 모르겠다. 무식하면 용감하다고 그랬던가. 기본적인 것에 대한 마음의 준비 없이 주부의 삶이 시작되었다.

엄마는 항상 이야기했다. 그릇만 닦는 것이 설거지가 아니라고 말이다. 조리가 끝난 가스레인지도 닦고, 주변 정리까지 깔끔하게 해야 한다는 말을 한 귀로 듣고 흘려버렸다. 드나드는 현관부터 가족들이 수시로 사용하는 물기 마를 틈이 없는 욕실까지. 집안 곳곳은 말 그대로 365일 관리 시스템 작동이 필수인 삶의 현장이었다!!!

직접 해보니 간단한 문제가 아니었다. 매일 쓸고 닦는 일은 굉장한 에너지가 드는 일이었다. 집안일이 청소만 있는 것도 아니니 보통 문제가 아니라는 거다. 빨래에 음식 만들기까지. 열심히 해도 겨우 일상을 유지하는 정도일 뿐이다. 수시로 정리하지 않으면 순식간에 불어나는 물건들은 늘 골칫덩어리다.

미루다 몰아서 청소하려니 매번 힘이 들고 여간 짜증이 나는 게 아니었다. '살림은 장비 빨!'을 외치며 이것저것 주문해서 물건들을 쌓아놓기 시작했다. 그것들만 있으면 청소는 그냥 되는 줄 알았다. 중요한 건 평소에 청결하게 유지하는 습관이었는데 말이다. 힘들다고 생각하니 점점 하기 싫어졌다. 하기 싫다고 안 할 수가 없는 노릇이니 문제를 해결해야만 했다.

물건들은 관심을 소홀히 하면 눈덩이처럼 불어나 있었다. 최고의 정리법은 버리기라는 말을 듣고는 큰맘 먹고 물건들을 버렸다. 처음에는 버리기 아깝다는 생각에 주저했는데, 물건들이 정리되고 여유 공간이 생기니 기분이 달라지기 시작했다.

요즘에는 있는 물건을 다 쓰고 나서 주문하는 기분이 좋다. 당장 없어도 며칠은 버텨낼 수 있는 불편함도 좋다. 쇼핑이 기분을 전환 시켜준다고 믿었던 때가 있었다. 타고 나지 않아서, 처음부터 잘하지 못해서 쌓여가는 물건들을 모른 척하며 정리를 미루면서 지냈었다. 물건들을 치우니 공간이 보이고, 깨끗하게 만들고 싶은 마음도 생겼다.

집에서 10분 거리에 있는 코스트코 회원권도 해지했다. 주말마다 필수 코스였던 대형 마트에 자주 가지 않는다. 걷기 운동할 때 유기농 매장을 들르는 코스를 넣는다거나, 동네 매장에서도 충분히 구매할 수 있다. 쇼핑하는 시간을 줄이고, 물건 사는 횟수를 줄여나가는 훈련을 했다.

아이가 있는 집에서 항상 깨끗함을 유지하기는 어렵다. 치워도 아이들 손길 한 번에 원래 상태로 돌아가는 건 순식간이니 말이다. 치우는 게 무슨 소용인가 싶었다. 정리는 단순히 청소의 의미를 넘어서는 일이 되었다. 요즘은 생각이 복잡할 때는 손걸레 한 장을 들고 집 안 곳곳의 먼지를 닦는다. 먼지가 금방 쌓이는 것도 놀랍고, 닦여가는 먼지와 함께 무거웠던 고민도 사라지는 경험을 하게 된다. 일상 속에서도 수시로 쌓이고 흩어지는 먼지와도 같은 문제들이 많다. 눈에 보이지 않지만 잘 들여다보면 얼마나 많은 먼지를 안고 살고 있는지 알게 되는 것처럼 말이다.

마음이 복잡하고 심술이 날 때는 모든 것이 귀찮기만 하다. 흐트러진 그대로 아무것도 건드리고 싶지가 않다. 하지만 억지로 일어나서 어느 한 부분을 들여다보면, 내 마음과 같아서 놀라기도 한다. 언제 먼지가 쌓여있었던 건지, 물건들을 사들였던 건지 일상 점검이 필요할 때라는 경고등에 불이 들어와 있다.

갖고 싶은 물건들은 아이들이 어느 정도 크고 나서 들여놓고 싶다. 지금은 없는 대로, 불편한 대로 사는 것도 번잡하지 않아서 좋다. 물건보다 경험. 주어진 상황에 대한 감사. 늘려가는 행복의 순간들을 위해 여유 있는 공간을 만들어두고 싶다. 엄마의 청소도 그런 의미가 아니었을까. 이제야 이해할 수 있다. 수시로 하던 엄마의 청소는 복잡하고 힘든 일상에 지친 마음에 쌓인 먼지를 털어내는 일이었다는 걸 말이다.

8. 다들 그렇게 살아!

"그럴 거면 그냥 집에 가! 너 알아서 해!"
"으아아앙 엄마아아아"

엄마의 고함소리와 아이의 울음소리가 섞여 놀이터에 퍼졌다. 소리가 나는 쪽으로 고개를 돌렸다. 엄마는 아이를 쳐다보고 있다. 아이는 눈물 범벅이 되었다. 남 일 같지 않았다. 나 역시 놀이터에서 이런 적이 한두 번 아니다. 아마도 저 엄마는 속에서 불이 나고 있을 거다.

채민이가 3살 무렵이었다. 그네에 푹 빠져서, 길을 가다가도 눈에 보이면 꼭 타야만 했다. 그네 앞에는 항상 아이들의 줄이 길게 늘어서 있었다. 그날도 그네가 보이자 돌진했다. 움직이고 있는 그네 가까이 가면 위험하니 다민이를 안은 아기 띠를 부여잡고 아이 뒤를 열심히 쫓아간다. 다들 줄을 서 있는데 무작정 앞으로 가려고 한다.

"친구랑 언니들 줄 서 있지? 뒤로 와서 기다리자"
"싫어!! 지금 탈 거야."
"여기 봐봐. 다 차례를 기다리는 거야. 엄마랑 기다리자"
"싫어!! 지금 타고 싶어 으앙"

줄을 서서 차례를 기다려야 한다는 걸 모르는 아이에게 설명을 해봤자 통하지 않는다. 엄마는 왜 자꾸 타지 말라는 말만 하는지 속상했겠지만 말이다.

떼를 쓴다. 목소리는 점점 올라간다. 놀이터에 있는 사람들의 시선이 나에게로 쏠리는 것 같다. '저 엄마는 도대체 뭐 하는데 아이나 울리고 있는지, 참 한심하다.'라는 이야기가 들리는 듯하다. 공개적으로 '나는 이상한 엄마입니다'라고 보여주고 있는 것 같아서 얼굴이 화끈거린다.

아기 띠의 무게, 사람들의 시선, 채민이의 막무가내 행동이 동시에 나를 누르고 있다. 무겁고 벅차기만 하다. 다민이도 덩달아

칭얼거린다. 아이 손을 잡고 놀이터를 나와 버렸다. 아이 울음소리는 점점 커지고 인내심의 한계가 느껴질 때쯤 온몸에 힘이 쭉 빠졌다. 주저앉아 나도 울고만 싶다. 두 번 다시 놀이터에 나오고 싶지 않다. 사람들이 있는 놀이터에는 이제 못 나올 것 같다.

그 상황을 빨리 벗어나고만 싶은 생각뿐이었다. 다른 거로 아이의 관심을 돌릴 수도 있었을 텐데 말이다. 떼를 쓰는 아이의 손을 잡고 놀이터에서 나가자고 하니 아이는 속상함과 서러움에 더 크게 울었을 것이다.

맞다. 한때는 그 시선 때문에 나를 괴롭혔다. 아이 울리는 못난 엄마로 보이지 않을까에만 신경 썼다. 밖에 나와도 아이보다는 다른 엄마들의 시선, 말을 의식하면서 다녔다. 아이가 조금이라도 기분을 상하게 하는 일을 만들면 견딜 수가 없었다. 나는 다른 사람인 것 같았다. 언제 어디서나 아이를 울리는 일은 절대 없어야 하고, 떼를 쓰는 아이로 키우는 건 전적으로 엄마의 잘못이라는 인식을 스스로 심어놓고 있었던 거다.

아이는 하루가 다르게 몸과 마음이 쑥쑥 자라고 있다. 아이만 바라보고 가도 시간이 모자랄 정도다. 어느새 대화가 이루어지는 순간들이 늘어난다는 것이 놀랍다. 아이도 나도 많이도 서툴렀다. 물론 아직도 남아있는 단계들이 더 많은 육아의 세계이지만 가끔 지난 일들을 떠올리며 나를 점검한다. 난 또 얼마나 많은 일을 겪게 될까. 이제 겁부터 먹지는 않을 거다. 아이의 행동이 마음에 들지 않으면 아이를 다그치기 전에 내 마음부터 돌아보기로 했다. 어떤 마음이 아이를 불안의 창으로 바라보게 했는지 말이다.

다민이도 그녀 앞에서 떼를 쓰는 상황이 물론 있었다. 하지만 이번에는 수월하게 넘겼다. 아이의 행동은 그대로였지만 내 마음이 달라졌다. 놀이터의 추억이라고 부르던 그 일이 사실은 육아 경험치를 쌓을 수 있게 해 준 일이었으니까 말이다.

아이의 나이가 곧 엄마 육아 경력이라는 말이 있다. 둘 다 육아가 처음이니 같이 커가는 과정에 있다는 것을 말하는 것이다. 서툴고 처음인 상황에 놓여 있기에 나쁜 엄마도 못난 엄마도 없다. 온몸으로 겪어내고 배워나가는 시간 속에서 진짜 엄마가 되어가는 중일 거다. 매일 이만큼씩 경험치를 쌓고 있는데 우리가 좋은 엄마가 되지 않으면 누가 되겠냐 이 말이지. 다들 그렇게 살아간다는 말은 육아하는 모든 엄마에게 큰 위로가 되어준다. 나만 힘든 거 아니고, 이 시간이 그리 길지는 않다는 건 알고 있다.

전쟁 같은 일상에 서 있으면 말과는 다르게만 느껴진다. 그럴 때일수록 고군분투하고 있는 육아 동지들을 떠올리며 서로를 위로해보는 건 어떨까. 모두 같은 마음일 거라는 생각으로 말이다. 오늘부터 놀이터에서, 등, 하원 길에서 조금 더 따뜻하게 서로에게 인사를 나눠보는 것도 좋겠다. 힘내자고 말이다.

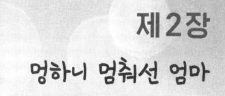

제2장
멍하니 멈춰선 엄마

1. 텔레비전과 한 몸 된 엄마

출산 후 처음으로 집에 혼자 있게 된 날이었다. 엄마가 만들어 주고 간 미역국과 반찬들을 꺼낸다. 어제까지 엄마가 차려 준 밥을 먹었는데, 혼자 먹으려니 허전하다. 채민이가 운다. 얼른 가서 안아준다. 기저귀를 갈아주고 조심스럽게 눕혔다. 다시 식탁에 앉아서 밥을 먹는다. 또 울음이 터진 채민이를 안고 집 안 이리저리 돌아다닌다. 잠든 아이를 눕히기가 겁이 난다. 그대로 소파에 앉았다. 아이의 숨소리를 들으며 할 수 있는 거라곤 멍하니 앉아 있는 일이었다.

소파 옆에 있는 리모컨을 들어 텔레비전을 켰다. 채널을 이리저리 돌려가며 화면을 쳐다보고 있으니 밥을 먹다 만 것도 잊었다. 채민이는 내 어깨에서 한참을 잤다. 가만히 앉아서 텔레비전을 보는 이 순간이 마냥 좋다. 아무 일도 일어나지 않는 평온을 깨고 싶지 않다. 화면을 쳐다보며 하루가 빨리 흐르기만을 기다리는 사람이 되어갔다. 다민이가 태어나서도 달라진 건 없었다. 우는 다민이를 잠시 소파에 눕힌다. 젖병, 손수건, 수유 쿠션과 함께 리모컨도 잊지 않고 챙겨 온다. 젖병을 물리고 내 시선은 텔레비전을 바라보고 있다. 배가 차서 기분이 좋은 다민이를 보니 텔레비전을 마저 봐도 되지 싶었다. 사실 다민이가 잘 놀면 노는 대로, 울면 우는 대로 텔레비전은 항상 켜져 있었다.

채민이가 어린이집에서 돌아오면 뽀로로나 콩순이로 채널이 바뀔 뿐이었다. 귀여운 캐릭터가 나와서 노래와 율동을 하니 얼마나 재밌어했는지 모른다. 유아 채널도 한두 개가 아니었다. 채널을 돌릴 때마다 휙휙 바뀌는 화면에 눈을 뗄 수가 없었다. 채민이가 텔레비전을 보고 있는 동안은 다민이를 돌보기가 수월했다. 그래서 자꾸 틀어주려고 했었는지도 모르겠다. 다른 방법을 생각해본다거나 문제점을 떠올려보려고 하지 않았다. 내 몸이 편하니 애써 바꾸고 싶은 마음도 없었다. 어떻게 하면 오늘 하루를 순탄하게 보낼 수 있을까에 대해서만 생각했다. 그 방법이 텔레비전으로 굳혀지고 있었다.

말할 상대가 없는 시간을 텔레비전에 나오는 사람들과 보내니 재밌기만 했다. 어제 놓쳤던 드라마를 바로 다시 보는 재미, 얼마 전에 끝난 드라마를 몰아서 보는 재미, 잊고 지냈던 추억의 드라마를 우연히 발견하는 재미. 드라마 하나를 볼 때도 각각의 목적과 이유가 있었다. 누군가 하루 계획표를 써보라고 했다면 드라마 방영 시간을 그대로 옮겨 적으면 될 일이었다.

텔레비전 앞에 앉는다는 건 내 시간을 방송국이 정한 시간에 맞추게 되는 거다. 한 번 안 본다고 큰일이 일어나는 건 아니다. 알면서도 의지와 상관없이 전원 버튼을 누르는 게 습관이 되어버렸다. 정신을 뺏기니 집안일을 자꾸 미루게 되었다. 시간에 맞춰 식사를 제대로 챙겨 먹지 않으니 몸이 무겁기만 했다. 텔레비전에서 눈을 돌릴 필요가 있었다. 멈춰야 할 때라는 신호였다. 하지만 모른 척하며 '오늘 말고 내일부터 하면 되지'라는 말로 스스로 합리화했다. '이것만 봐야지'라는 다짐은 늘 쉽게 무너졌다.

출산 후에 갑자기 텔레비전을 많이 보게 된 건 아니었다. 원래 텔레비전 보는 것을 좋아했다. 육아할 때는 도움이 되지 않았다. 화면과 소리가 켜져 있는 한, 일상에 집중하기가 어려우니까 말이다. 집안일과 두 아이를 돌보는 일은 정해진 시간에 맞춰 움직이게 된다. 할 일을 마치면 그만큼의 휴식시간도 꼭 필요하다. 하지만 텔레비전과 한 몸이 되면서부터 집중하는 것도 아니고, 쉬는 것도 아닌 시간을 보냈다. 하루하루 지날수록 점점 마음이 무거워졌다.

채민이의 영상 노출 시간도 걱정되었다. 틀어줄 때는 서로 기분 좋게 약속을 한다. 텔레비전을 꺼야 하는 시간이 되었을 때, 소리를 지르며 계속 보고 싶다고 떼를 쓰는 모습에 깜짝 놀랐다. 동생이 엄마의 사랑을 독차지한다고 생각할까 채민이를 걱정했었다. 신경 쓰겠다고 말로만 떠들었지, 정작 제대로 챙겨준 게 없었다. 나 편하기 위해 텔레비전을 틀어준 경우가 더 많았다. 쉽고 편한 육아를 위한 것이었다. 하루는 그럭저럭 잘 넘어갔겠지만 그런 날들이 쌓이면 커다란 문제 덩어리가 된다. 어른들도 텔레비전을 끄기가 어려운데 채민이는 오죽했을까 싶다. 어디서부터 풀어나가야 하는 건지 해결책이 필요했다.

텔레비전이 나오지 않는 집을 상상한 적이 없다. 육아서나 인터넷에서 보면 아이를 낳고 텔레비전을 없앴다는 이야기를 볼 수 있었다. 텔레비전을 시청하는 것의 단점이 훨씬 많다는 것도 머리로는 알고 있었다. 하지만 습관을 바꾸는 것은 하루아침에 할 수 있는 일이 아니었다. 두 아이와 보내는 시간에 숨통이 트이게 하는 유일한 친구를 끊을 자신이 없었다. 당장은 문제가 없다는 생각에 변화를 미뤘다. 화면 속 세상만이 소통할 수 있는 곳이었다. 진짜 현실과는 점점 멀어져가고 있었다.

채민이와 다민이의 아기 사진을 본다. 신기하게도 사진 속의 시간이 생생하게 떠오른다. 보송보송한 피부, 조그만 손과 발도 다 생각난다. 이런 추억들로 오늘을 버텨내는 힘이 생긴다. 한편으로는 더 일찍 텔레비전을 끊어냈다면 지금보다 많은 추억이 생겼겠지. 두 아이와 눈을 맞추고, 밖으로 나가서 바람을 쐬는 일로도 충분하다는 것을 늦게 알게 되었다. 화면에서 눈을 돌려 두 공주님과 한 몸이 된 엄마로 지내는 일이 얼마나 행복한 일인지 말이다.

2. 야심한 밤 나를 위로하는 것

　가족이 모두 잠든 밤. 거실로 나와 기다리던 나만의 시간을 갖는다. 오늘 밤은 뭐하면서 시간을 보낼까. 하루 동안 쌓인 피로와 스트레스를 풀어야 내일도 버틸 수 있다.

　내가 하고 싶은 걸 하면서 알차게 보내야겠다는 마음뿐이다. 그냥 매일 하던 대로 하는 게 낫겠다 싶다. 일단 소파에 눕는다. 누우니까 편하고 기분도 좋아진다. 슬슬 몸에서 긴장이 풀린다. 잠이 온다. 이대로 방에 들어가면 숙면하기 딱 좋은 상태다. 하지만 그럴 수는 없다. 얼마나 기다린 시간인데 잠이 들면 안 되는 일이다.

스마트폰을 들고 소파에 누워서 맘카페에 올라온 글을 읽는다. 읽는 글마다 모두 내 이야기인 것 같아서 재미있다. 시간 가는 줄 모르고 손가락을 바쁘게 움직이며 화면을 쭉쭉 올린다. 조회 수가 높은 글은 역시 물건을 싸게 샀다는 내용이다. 살림하는 주부가 할인 정보를 모른다는 것은 있을 수 없는 일이었다. 남들 다 사는 물건이 우리 집에 없다는 것 또한 시대를 따라가지 못하는 주부임을 증명하는 것이다. 서둘러서 구매하기 완료 버튼을 누른다. 아까 그냥 잠이 들어버렸다면 이것도 못 사고 나중에 얼마나 후회를 했을까.

이제 진짜로 필요한 걸 사기 위해 쇼핑 사이트를 돌아다닌다. 아무 생각 없이 툭툭 화면을 넘기며 보낸 시간 동안 정작 필요한 건 사지 못하는 경우가 많았다. 자꾸 필요 없는 물건에 눈길이 간다. 아까운 시간을 낭비하고 있었다. 그만 보려고 했는데, 하나만 보려고 했는데, 라는 핑계만 늘어놓으면서 말이다. 오늘 못 사도 괜찮다. 내일 맑은 정신으로 다시 찾아보면 꼭 내가 원하는 물건을 살 수 있을 거야!!!

12시다. 몸은 피곤한데 머리는 잠을 잘 생각이 없다. 리모컨을 들고 텔레비전 앞에 앉는다. 혹시 아이가 깰까 싶어 소리를 조금 낮춘다. 컴컴한 거실에서 보는 텔레비전은 왜 더 재미있는 걸까. 혼자 조용한 곳에서 보니까 집중도 잘 된다. 몰입하며 화면 속으로 빠져드는 내가 낯설지 않다. 낮에도 밤에도 같은 모습이었으니까. 야심한 시간까지 텔레비전 앞에서 시간을 홀랑 날리고 있었다.

시간이 가는 대로 살았다. 별다른 계획이나 뚜렷한 목표도 없었다. 시간 관리가 중요할 리가 없었다. 낮에 피곤하고 힘든 나 자신을 위해 밤에는 휴식이 필요했다. 낮에 움직이고 밤에 휴식하는 단순하지만 가장 확실한 방법이 있었다. 그것도 모르고 매일 피곤과 싸우며 쉽게 지쳤다. 뭔가 적극적으로 해봐야겠다는 마음은 나와 거리가 멀어 보였다. 유일하게 생기가 도는 시간이 밤인 날이 계속되었다.

답답하고 벗어나고만 싶어서 피곤한 상태에서도 억지로 깨어 있었다. 뭔가를 보상받고 싶었다. 하필 남들 다 자는 밤에 꼭 그래야 할 필요가 있었겠냐 이 말이다. 내일도 종일 집에 있을 테니까 피곤하면 낮잠이라도 자야지, 생각했다. 원래 계획도 없는 사람이었지만 낮잠 계획은 꼭 세웠다. 하지만 난 계획대로 이루어지는 것도 없는 사람이었다. 도대체 낮에 언제 잘 수 있는데? 아니다. 낮에도 왜 안 자는 건데? 한심하고 나약하기만 했다.

집에서 아이를 키우는 엄마가 따로 쉬는 시간을 만들어내는 것은 어렵다. 원하는 시간에 딱 맞춰서 쉴 수도 없다. 힘들고 답답한 일이다. 손이 많이 가는 시기에는 아이와 똑같이 생활 방식을 유지해보라고 권하고 싶다. 아이 밥만 먹이지 말고, 내 밥도 같이 먹는 거다. 아이 낮잠 잘 때 집안일 하지 말고 같이 옆에서 푹 자는 거다. 아이 놀 때 같이 놀면 된다. 같이 놀자고 찾지 않으면 내 책을 읽는 거다. 지금 해야 하는 일들에 하나씩 집중하는 훈련을 해보기로 했다. 그랬더니 밤에 아쉬운 마음이 들지 않기 시작했다.

뇌가 생각하는 대로 행동이 나온다고 한다. 하루를 아이에 맞춰서 움직여보려 했더니 밤늦은 시간까지 있는 것이 힘들었다. 나도 달라질 수 있다고 믿게 되었다. 한 번에 바뀌지 않더라도 자꾸 시도해봤다. 예전처럼 피곤함에 눌려서 살고 싶지 않았기 때문이다.

움직이는 시간과 휴식하는 시간을 따로 떼어 놓고 하루를 지냈다. 신기하게도 같은 시간 안에서라도 많은 일을 할 수 있었다. 돈을 모으려고 할 때도 목적에 맞게 통장을 여러 개로 나누는 것처럼 말이다. 목적을 제대로 알고 움직이는 것은 효율을 높인다. 성취감에 따라 긍정적인 생각도 많이 하게 되었다.

서은국 교수님의 책 《행복의 기원》에서는 '행복은 강도가 아니라 빈도다'라는 이야기가 나온다. 큰 행복을 기다리느라 눈앞에 있는 중요한 것을 놓치지 말아야 한다. 작더라도 자주 만드는 것이 행복을 오랫동안 지속할 수 있다는 말이다.

나를 기분 좋게 하는 것들로 하루를 채워 나가면 어떨까.

아이와 같이 잠들고 눈뜨는 행복. 마주 보며 함께 맛있는 밥을 먹는 기쁨. 선물처럼 찾아오는 자유의 시간. 그런 것이 많아질수록 육아가 주는 행복의 빈도가 늘어난다. 내가 만드는 행복은 낮과 밤을 가리지 않고 수시로 찾아들어 나를 위로해주고 격려해준다. 행복도 위로도 모두 내 안에 있다.

3. 자존감은 바닥을 치닫고

채민이를 출산하고 산후 조리원에서 2주 동안 지내기로 했다. 조리원에는 산모들을 위해 다양한 마사지 프로그램이 있었다. 피부 관리를 받는 날이었다. 관리사 선생님의 손길에 피부가 부드러워지고 탄력이 생긴다. 마사지만큼 기분을 좋게 하는 것도 없다.

"피부가 까칠해요. 선크림도 꼼꼼하게 발라주는 게 중요해요"
"아...네."
"매일 꼭 챙겨서 바르면 좋아요."

'내 몸 하나 쉬는 것도 힘든데, 선크림까지 바를 시간이 어딨어. 그리고 실내에만 있는데.'라고 생각하며 그냥 넘겼다.

마사지가 끝나고 방으로 돌아와서 쉬고 있었다. 관리사 선생님이 이야기한 선크림이 생각났다. 출산 가방을 열었다. 선크림을 챙겨왔을 리가 없었다. 로션 하나 겨우 챙겨 가지고 온 나였다. 제대로 바르기나 하면 다행이었다. 외부 면회도 제한되어 있고, 산부인과 검진이 아니면 밖에 나갈 일이 없었다. 시간 맞춰 수유하러 가고, 식사하는 것 말고는 별다른 계획 없이 시간을 보냈다. 외모에 신경 쓸 이유가 없었다. 나중에 집에 가면 그때부터 피부에 신경 쓰면 되겠지, 생각했다.

집으로 돌아와서 엄마랑 같이 채민이를 돌봤다. 신생아를 돌보는 일은 상상 그 이상이었다. 조리원이 천국이라는 말을 제대로 실감했다. 밤에 한 시간 단위로 자 본 적이 없었다. 엄마가 집에 계신 2주 동안은 같이 채민이 목욕도 시키고 낮에 혼자서 푹 잘 수 있었다. 하지만 밥도 조금씩 먹었고, 모유 수유가 힘든 것도 스트레스였다. 툭하면 오한이 와서 고생했다. 몸이 안 좋으니 기분도 별로였다. 아기 울음소리가 들리면 인상부터 찌푸렸다. 엄마는 걱정되셨는지 밥이라도 푹푹 먹어야 힘을 내서 아기를 키운다고 했다. 엄마한테는 미안하지만, 그저 잔소리로 들릴 뿐이었다.

혼자서 채민이와 있게 되었을 때도 달라진 건 없었다. 조리원에서 나가면 신경 쓰기로 한 피부 관리도 뒷전이었다. 여전히 밥도 제대로 챙겨 먹지 않았다. 나를 돌보는 일에 소홀했다. 엄마는 수화기 속 딸의 목소리만 듣고도 내 상황을 잘 알고 계셨다. 채민이 안고 잠깐 나가서 햇빛이라도 쐬고 오라고 하셨으니 말이다. 귀찮았다. 현관문을 열고 밖으로 나가고 싶은 마음이 없었다. 방안에서 채민이와 시간이 빨리 가기만을 기다리는 사람처럼 지냈다.

남편 퇴근 시간만 기다렸다. 남편도 회사에서 정신없이 보냈을 거다. 종일 채민이와 씨름하는 나를 위해 될 수 있으면 칼퇴근을 하고 왔다. 남편이 들어오면 하루의 긴장감이 스르르 풀렸다. 초보 아빠, 엄마는 서로를 의지하며 육아의 내공을 쌓아야 했다. 똑같이 힘든 상황을 같이 수월하게 넘겨야만 했다. 하지만 고마운 남편에게 늘 말이 좋게 나오지 않았다. 나만 힘들다고 툴툴거리기 바빴다. 가장 의지가 되는 사람이 남편이었는데, 왜 항상 말은 반대로만 나왔던 걸까. 말 한마디의 힘을 몰랐다. 육아뿐만 아니라 나의 감정을 제대로 표현하는 것도 서툴렀다.

어느 주말, 채민이를 남편에게 맡기고 집을 나섰다. 모처럼 미용실에 가기로 했다. 얼마 만에 가는 건지 기억이 나질 않았다. 출산 직전에 가고 처음이니, 1년이 다 되어가도록 머릿결에 신경을 못 썼다.

아니나 다를까. 미용실 원장님은 머릿결 손상을 이야기하셨다.

출산 후에 탈모가 진행되는 경우가 많으니 더 신경 써야 한다고 하신다. 아이 키우느라 힘들고 정신이 없더라도 자신을 잘 챙기는 것도 중요하다는 따뜻한 말도 해 주셨다.

코끝이 찡하다. 속상하다. 그동안 나를 제대로 못 챙기고 지냈구나 싶었다. 미용실 거울 속에 비친 내가 안쓰러웠다. 상한 머릿결보다 더 망가진 마음이 보였다. 나를 돌보지 않고 텅 빈 마음속에서 지냈다. 누구보다 사랑을 많이 주어야 하는 엄마가 되었는데, 사랑이 어디론가 새어 나가 버리고 없었다. 어디서 찾아와야 하는 걸까. 머릿결도, 마음도 되돌릴 수 있을까.

출산은 여러 가지 변화를 받아들이는 일이다. 호르몬의 영향으로 감정 기복이 심해지고, 신체 변화도 나타나게 된다. 갑작스러운 변화에 처음은 힘들었다. 도저히 나를 있는 그대로 사랑할 자신이 없었다. 자존감이 바닥을 치는 일들이 이어지니 어느 순간 정신이 번쩍 들었다. 그런 이유에서는 어느 정도 바닥을 치고 올라오는 것도 나쁘지 않았다. 지금부터 나를 사랑하라는 마음의 소리를 들을 수 있었으니까 말이다.

자존감을 지키는 게 거창한 것이 아니었다. 나를 사랑해주는 일이 어려운 것이 아니었다. 매일 선크림 꼼꼼하게 바르기, 잠깐이라도 햇빛 보며 산책하기, 힘든 일이 있으면 남편과 대화하기, 머릿결 관리하기. 이런 것들로도 나를 챙길 수 있었다. 나를 위한 일을 하나씩 늘려가면서 나 자신을 생각하는 시간도 많아졌다.

나를 먼저 챙기는 것이 이기적인 마음이 아니라는 것도 알게 되었다. 먼저 내 안에 사랑을 채우는 의미 있는 일로 자존감을 끌어올리자.

4. 집안일도 인간관계도 멈춰버렸다.

　채민이의 기침과 콧물이 괜찮아지나 싶더니 다민이도 차례가
왔다. 동네에는 갈만한 병원이 없어서 버스를 탔다. 버스에서도
병원에서도 아이들은 신이 나 있다. 밖에 나와 있을 때는 평소보
다 더 신경을 곤두서서 데리고 다녀야 했다. 채민이는 끊임없이
질문하고, 다민이는 어디를 가나 발걸음부터 급하니 양쪽으로 잘
붙잡고 다닌다. 진료를 마치고 건물 1층으로 나왔다. 다민이는 눈
에 보이는 것을 향해 달린다. 놓치는 건 한순간이다. 채민이 손만
잡은 채 다민이를 부르며 가고 있었다.

"어머. 작은 애 손을 잡고 다녀야지, 그게 맞는 건지 몰라요?"

무슨 소리인가 싶어 옆을 봤다. 한 아주머니랑 눈이 마주쳤다. 혼자 앞서가는 다민이를 쫓아가는 우리를 보며 하는 소리였다. 큰 애만 챙긴다고 생각했나? 모르는 사람의 말 한마디가 견딜 수 없었다. "저도 알고 있어요"라고 대답하고 지나갔다.

하지 않아도 될 말을 내뱉는 사람들을 어디서나 만날 수 있다. 특히 아이를 데리고 다니는 엄마에게는 더 그랬다. 말을 걸기도, 참견하기도 딱 좋은 상대니까 말이다.

아기 띠를 하고 나가면 아기 발이랑 다리가 나와 있다고 뭐라고 했다. 유모차를 끌고 나가면 왜 애를 춥게 입히고 다니냐고 했다. 채민이만 데리고 나가면 동생은 없냐고 했다. 딸이 둘이라고 하면 아들도 있어야 한다고 했다. 듣고 있으면 힘이 쭉 빠지는 소리였다.

왜 그때는 일일이 반응했을까. 나와 상관없는 사람들의 이야기는 그냥 듣고 흘려버리면 되는 것을 말이다. 그 사람들의 말 한마디에 괜히 주눅 들고 뭔가 잘못된 건 아닌가 했다. 빵점 엄마의 모습이 이건가 싶었다. 내가 나를 지키지 못했다. 밖에 나가는 것도, 사람들을 마주치는 것도 스트레스였다.

엄마가 되고 보니 아이와 관련된 대부분이 엄마로 통한다는 걸 알게 되었다. 아이의 행동, 식습관, 기질까지 말이다. 뭐 하나라도 정상적인 범위에서 벗어나면 엄마의 탓이라는 인식이 있다. 아이에게는 엄마의 영향력이 크다. 엄마의 책임이 따르는 부분도 많다. 하지만 엄마도 항상 완벽하게 모든 것을 해낼 수 없다. 모든 엄마가 모성애를 타고나는 것도 아니다. '엄마는 강하다'라는 말이 이런 당연한 분위기를 만드는 게 아닐까, 하는 생각도 든다.

정해진 방식이 있는 건지 궁금했다. 아이를 업고서라도 빨래, 청소, 요리하는 것이 맞는 것인가. 그렇게 하지 않으면 책임감이 없는 거라고 할 수 있을까. 아이를 맡기고 개인적인 용무로 외출을 하는 것이 맞는 것인가. 아이를 두고 나가면 모성애가 부족한 것이라고 할 수 있을까. 이런 생각들은 포기를 선택하게 만든다. 나만 포기하면 모든 면에서 자연스러운데 왜 일을 크게 만들려 하는 건가 싶었다. 점점 소극적인 사람이 되어가고 있었다.

일상을 융통성 있게 보내는 것이 힘들었다. 에너지를 도대체 어디서 만들어야 하는 건지 막막했다. 아이 하나 챙기는 것도 이렇게나 힘든데 말이지. 집안일도 잘 해내고 싶었다. 예전처럼 사람들과 연락하고 만나며 지내고 싶었다. 어느 순간 일상이 멈춰버린 느낌이었다. 아이만 보고 지내야 하는 걸까, 그럴 수 있을까 하며 자존감이 줄어들었다.

눈에 보이는 게 전부라고 생각했다. 새로운 상황을 겪어내야 하는 법을 몰랐다. 육아를 모르던 시간만 떠올리려 했다. 현재에 집중하려는 마음이 부족했다.

영화 〈패밀리맨〉을 통해 마음을 돌릴 수 있었다.

영화는 13년 전, 잭과 케이트가 공항에 있는 장면으로 시작한다. 잭은 꿈을 이루기 위해 런던으로 떠나야 하지만 케이트는 이대로 이별을 예감했다. 잭을 붙잡지만, 자신의 길을 떠나는 잭. 잭은 다시 돌아오지 않았고 성공한 삶을 살고 있다. 어떤 사건으로 인해 잭은 케이트와 결혼 생활을 하는 삶으로 이동하게 된다. 영화는 결혼 생활이 항상 아름답지만은 않다는 것을 보여준다. 결혼했다는 것은 어느 정도 꿈을 포기해야 하고, 아이를 돌보는 시간이 많아지며, 누리고 싶은 것의 허용이 줄어든다고 말이다.

잭은 자신에게 맞지 않는 현실을 견디기 힘들어한다. 그러다가 꿈꾸던 삶으로 돌아갈 기회가 생겨 케이트를 설득한다. 지금의 직장, 집, 아이들의 학교, 케이트의 일을 모두 포기하고 가면 누구나 부러워하는 삶을 살 수 있게 된다고 말이다.

케이트는 말한다. 누군가는 우리의 삶을 부러워한다고 말이다. 혼자의 삶도 나름대로 좋겠지만 자신은 '우리'를 선택한 거라고 말이다. 선택한 것을 지키기 위해 힘들고 어려워도 지금을 살아갈 것이라고.

케이트를 보며 현재에 집중하지 못하고 겉도는 내 모습이 떠올라서 눈물이 났다. 결혼과 출산을 겪지 않았다면 몰랐을 놀라운 경험과 감정들을 잊고 있었다. 지금을 선택한 것이었음을 말이다. 힘들고 어렵지만 받아들이고 헤쳐나가야 한다는 것을 놓치고 있었던 거다.

영화 속 케이트의 말처럼 모든 게 술술 풀리는 삶은 없다. 멈춘 것도, 막힌 것도 풀어야 할 문제임을 알고 해결점을 찾는 것이 삶을 사는 이유다. 지금을 잘 살아내면 새롭고 멋진 기회는 반드시 찾아오리라는 믿음이 생겼다. 지금이 가장 아름답고 빛나는 시간이라는 걸 감사해야겠다.

5. 정답은 없다.

출산 전 마지막 정기 진료가 끝났다. 담당 선생님은 예정일을 넘기지 말자고 하셨다. 4일 뒤로 유도 분만 예약을 했다. 출산이 얼마 남지 않았다고 하니 긴장되고 겁이 났다. 불안한 마음을 다스리기 위해 출산 후기를 읽기로 한다. 이미 봤던 내용이지만, 출산이 코앞에 다가와서 새롭게 보인다.

생각보다 수월하게 낳았다는 사람도 있고, 진통을 참다못해 결국 수술을 했다는 이도 많았다. 얼마나 아프고 고통스러울까? 두렵고 무서웠다. 조금이라도 마음에 위로가 될까 싶어 인터넷을 찾아봤다. 사람마다 상황이 다르고 고통의 정도도 달랐다. 한참을 찾아봤지만 별 도움이 되지 못했다. 오히려 더 떨리기만 했으니까 말이다.

진료 이틀 뒤에 갑자기 진통이 왔고, 출산을 했다. 유도 분만을 예약해 두었지만, 진통의 기미가 없어서 쓸모가 없었다. 그러고 보니 어떤 일이든 직접 경험해보지 않으면 제대로 실감하기 어려울 것 같다.

아기를 키울 때도 마찬가지다. 이제는 아기가 언제 뒤집었고, 걷기 시작했는지가 중요한 문제가 된다. 빠르다고 해서 앞서가는 것도 아니고, 느리다고 해서 문제가 되지 않는다. 보기에는 느려도 하루하루가 다르게 자라고 있으니까 말이다. 그럼에도 끊임없이 아기 발달 사항을 찾아보고 비교한다. 정보의 양도 어마어마하다. 나와 아이에게 필요한 것을 찾으면 도움이 된다. 하지만 객관적인 눈으로 나와 아이만을 위한 것을 찾는 게 어렵다.

채민이는 15개월이 지나서야 걷기 시작했다. 문화센터 수업 시간에도 다른 친구들은 다 뛰어다녔다. 채민이만 빠른 속도로 기어 다녔다. 밖에 데리고 나가면 걸음마 연습을 하는 채민이와 나를 보고 아이가 몇 개월이냐는 단골 질문을 받는 게 일상이었다. 그에 비해 다민이는 돌 전에 이미 걷기 시작했으니, 자매라 해도 걷는 시기는 달랐다.

형제, 자매라 하더라도 다를 수밖에 없다. 누가 정답이고 오답이라고 정의하기 어렵다. 다른 성향의 아이를 있는 그대로 바라볼 줄 알아야 한다. 비교하지 않는 연습을 해야 한다. 아이의 개성을 존중하고 인정해줄 수 있어야 한다. 그런 엄마가 되기 위한 정답을 찾는 것이 더 중요하지 않을까.

채민이가 어린이집에 다니기 시작하면서 놀이터에서 엄마들과 이야기하는 기회가 생겼다. 다민이를 챙겨야 하기도 했고 무엇보다 소극적인 성격 탓에 대화에 잘 끼지 못했다. 가끔 이야기를 길게 하고 들어오는 날은 유독 피곤했다. 아이를 위해서 아이 친구 엄마들과 활발하게 연락을 해야 한다고 말하는 사람들도 있다. 틀린 말은 아니다. 하지만 각자 맞는 방식이 있다고 생각한다. 어울려서 이야기를 주고받아야만 아이를 위한 정보를 얻는 것은 아니다. 무리하지 않고 일상을 유지해나가는 것이 육아에 더 도움이 된다는 것을 알게 되었다.

시간이 지나고 나니 지금은 엄마들과의 대화가 힘들지만은 않다. 가끔 아는 엄마들과 대화를 나누는 것이 일상의 활력이 된다.

남들이 정해놓은 길만 고집하지 않아도 된다. 길에서 벗어난다고 큰일이 일어나지도 않는다. 어느 시기마다 유독 힘들고 잘 안 풀리는 일이 있다. 무리하며 애쓰지 않아도 시간이 지나니 안되는 것도 되는 경우가 생긴다. 누구나 시행착오를 겪는다. 지금은 어렵고 힘들어도 조금씩 나아질 기대를 하면서 다들 살아가는 건지도 모르겠다.

정해진 방법 말고 나에게 맞는 인생 레시피를 찾아보는 건 어떨까.

　나의 상황과는 맞지 않는 답에 연연하지 말고, 내가 직접 만들어보는 거다. 나 자신과의 대화를 해보면 힌트를 얻을 수 있다. 기분 좋을 때가 언제인지, 싫어하는 건 무엇인지를 알아가는 재미도 느낄 수 있다. 나만의 삶의 기준을 세워 놓으면 힘든 일 앞에서 예전처럼 오래 주저앉아 있지 않을 수 있다.

　돌발 상황과 변수는 말 그대로 예고 없이 찾아온다. 오늘만 해도 감정을 들었다 났다 하는 일들이 얼마나 많았는지 떠올려보면 삶이 만만하지 않다는 것을 알 수 있다.

　불안과 초조한 마음에서 나 자신을 분리해서 바라보는 연습을 해보자. 감정은 그저 감정일 뿐이다. 감정은 그대로 두고 지금 해야 할 일만 보자. 정답만을 쫓아가지 말고 내가 이끌어가는 삶을 살자.

6. ㅇㅇ의 엄마로 산다는 것

남편이 연차를 내고 쉬는 날. 하원 담당을 하겠다며 유치원 끝날 시간에 맞춰 나갔다. 덕분에 여유롭게 청소도 하고 저녁 준비도 할 수 있었다. 모처럼 아빠가 유치원에 갔으니 아이들이 얼마나 반가워할까. 매일 엄마와 가는 놀이터에서 종종 아빠가 보고 싶다고 했었는데 말이다. 아빠랑 놀이터에서 어땠는지 물어봐야겠다. 한껏 신난 목소리로 이야기하겠지.

집안일을 끝내고 의자에 앉았다. 깔끔하게 정리된 거실을 둘러보니 마음도 정돈된다. 남편과 아이들이 들어올 시간이다. 잠시라도 여유를 즐겨봐야겠다. 읽다가 만 책을 가져와서 책장을 폈다. 평일 오후의 여유라니! 숨통이 트인다.

'삑삑삑삑' 현관이 열리고, 아이들 목소리가 들린다.

"공주들~ 잘 다녀왔어? 어서 와!"
"엄마~~~책 보고 있었어?"
"응. 놀이터에서 재밌었어? 또 어디 갔다 온 거야?"

아이들이 별 반응이 없다. 그때 남편이 말한다.

"채민이 기분 안 좋아. 바이킹 안 태워준다고 해서 삐졌어."

아파트 장이 열리는 날이었다. 얼마 전부터 바이킹 아저씨가 오시기 시작했다. 두 아이와 그 앞을 그냥 지나치기란 어려운 일이다. 한 번씩 타는 것은 괜찮지만, 한 번 타면 올 때마다 찾을 것 같았기 때문이다. 일부러 하원 길에는 그쪽으로 가지 않고 있었다.

남편이 아이들이랑 장에 구경하러 갔다가 바이킹을 봤던 거였다. 남편 말로는 놀이터에서 실컷 놀았고, 목마르고 덥다고 해서 집에 얼른 왔다고 했다. 하지만 두 아이는 아빠의 말보다 바이킹을 타지 못한 것에 심술이 났을 거다.

"채민아, 다민아, 바이킹 못 타서 기분이 안 좋구나?"

그 말에 갑자기 채민이가 운다. 옆에 있던 다민이도 따라서 같이 운다.

"내가 바이킹 타고 싶다고 말했는데, 아빠가 안 된다고 해서 속상했어. 으앙"
"그랬구나. 속상했겠다. 엄마랑 다음에 꼭 다시 타러 가자 알았지?"
"응. 엄마, 이제 아빠 유치원에 오지 말라고 해"
"응? 음..그래..알았어"

아빠는 유치원에 오지 말라고 하는 소리에 남편이랑 조용히 웃었다. 공주님들의 귀여운 경고였다. 그리고 이제 엄마만 좋아할 거라는 소리를 그날 저녁 내내 들어야만 했다.

다음 날 걷기 운동을 하고 집에 돌아오는 길에 옆 단지 아파트에서 바이킹 아저씨를 봤다. 이따 하원하고 와야겠다 생각했다. 어제 울던 아이들 모습이 마음에 남아있었다. 엄마랑 있을 때는 온갖 투정을 부리는 아이들이다. 아빠 앞에서는 꾹 참고 집에 왔을 걸 생각하니 가슴이 찡했다. 세상에서 가장 든든한 내 편이 있다는 걸 알게 하고픈 마음, 누가 내 보물들 울리게 하는 건 그냥 넘어갈 순 없다는 마음이 바로 엄마의 사랑 아닐까. 기뻐할 채민이와 다민이의 얼굴을 떠올리며 서둘러서 유치원으로 갔다.

"엄마. 오늘 친구들이랑 1단지 놀이터에 가기로 했어."
"그래? 근데 우리 같이 어디 가려고 했는데"
"어디?"
"엄마가 바이킹 봤어. 오늘도 아저씨가 오셨더라고"
"와아아아 신난다! 갈래!!"

가방 두 개를 어깨에 짊어지고, 스쿠터를 양쪽 손에 들고 앞서 가는 아이들을 쫓아간다. 뛰지 말고 같이 가자고 소리쳐도 소용이 없다. 이럴 줄 알았으면 미리 바이킹 소식을 알려주는 게 아니었다. 타지도 않을 거면서 스쿠터는 도대체 아침마다 왜 챙기는 거야, 라고 슬슬 화가 나기 시작한다. 갈 길이 아직 멀었는데 지친다. 내 새끼들 기분 좋게 해줘야지 했던 마음은 어디로 갔나 싶다.

바이킹을 신나게 타고 다시 집으로 돌아가는 길. 이 시간이 제일 힘들다. 두 녀석의 발걸음이 무거워지고 느려진다. 가는 길에 따끈한 호떡 하나씩 손에 들려주었다. 어찌나 맛있게들 먹는지, 이대로라면 집까지 걸어가는 건 문제없을 것 같다. 호떡이 입에서 사라지니 다시 발걸음이 느려진다. 제발, 집에 얼른 가자. 나도 힘들다, 이제 바이킹은 없어. 그냥 놀이터에서만 놀아, 라고 속으로 계속 외쳤다.

집에 들어와서 그대로 앉아버렸다. 호떡이 아른거린다. 나도 내 거 사 먹을 걸, 나도 그거 먹고 힘낼 걸, 피곤과 허기가 동시에 느껴진다. 바이킹 태우고 왔다는 뿌듯함은 오래 가지 않았다. 지금, 하루의 멋진 마무리를 위해 필요한 건 맛있는 음식이었다.

엄마로 잘살기 위해 복잡하게 생각하지 않아도 된다는 걸 알게 되었다. 엄마가 먼저 맛있는 거 먹고, 힘을 내면 되는 거다. 먹고 싶은 거 먼저 먹었다는 사실 하나로도 얼마든지 기분이 좋아진다. 그 상태로 아이를 대하고 웃어주면 서로 행복한 일이 더 많아지는 육아를 할 수 있다. 나를 위해 하나라도 더 챙기는 엄마가 되자. 행복한 엄마로 사는 것이 행복한 아이를 키우는 일이 될 수 있게 말이다.

7. 엄마 에너지

　두 아이를 챙기느라 분주했던 밤과 새벽이 떠오른다. 잠투정이 심한 다민이와 다리가 아프다고 자주 깨는 채민이 사이에서 매일 전쟁이었다. 몽롱한 정신과 무거운 몸으로 인해 육아가 어렵기만 했다. 모성애를 의심해보기도 했다. 어떤 답을 생각해낼 틈 없이 통과해낸 시간 동안 얻은 것도 있었다. 육아에 대한 자잘한 근육과 지혜가 만들어졌다는 점이다. 이제는 아이가 다리가 아프다고 말하면 미리 해열진통제를 먹여서 재운다. 잠투정이 시작되면 오늘 잠은 다 잤구나, 하며 마음을 내려놓는다.

　4살, 6살의 두 아이가 각각 유치원, 어린이집에 가니, 손 가는 일이 줄었다. 이제 제법 한숨 돌릴 여유가 생기는 건가 싶었다. 이 여유를 마치 어디서 얻은 공돈처럼 나 혼자만 실컷 누려야겠다고 생각했다. 나의 육아에도 드디어 안정기가 오는구나, 싶었다. 두 아이가 없는 시간은 나를 위한 시간으로 꽉 채워서 보냈다. 하루하루 육아는 순항 중이었다. 그 시간이 쭉 이어질 줄 알았다.

2020년 상반기는 코로나로 인해 4개월의 시간 동안 가정 보육을 했다. 그 이후에는 한 달을 등원했다가 가정 보육에 들어갔다. 다시 두 아이를 데리고 있을 생각을 하니 답답하기만 했다. 중간에 누렸던 한 달의 등원이 나에겐 달콤한 휴식의 시간이었다. 다시 시작된 가정 보육은 기한이 없다는 걸 알기에 더 괴롭기만 했다. 혼자만의 시간이 통째로 사라진다는 사실이 견딜 수가 없었다. 왜 항상 육아는 나의 자유를 뺏어가기만 하는 건지 원망스러운 마음도 생겼다.

코로나 확산이 심각해지니 집 앞 놀이터에도 예전처럼 자주 나갈 수가 없었다. 태풍과 더위가 이어졌다.

아이들과의 집콕 생활이 당연한 상황이 되었다. 매일 대수롭지 않게 지냈던 일상의 어느 한 곳이 꽉 막히니 제대로 돌아가는 게 없었다.

채민이는 원격수업을 하게 되었다. 컴퓨터 화면으로 10여 분동안 선생님을 만나고, 몇 가지 만들기를 하며 유치원 수업을 받앞다. 한창 친구들과 뛰어놀기 좋아할 때인데, 집에서 DVD를 보거나, 동생과 같이 놀면서 지냈다.

그나마 좋았던 점은 집에서 책 읽는 시간이 늘어났다는 거다. 내가 책을 보고 있으면 어느새 내 옆으로 책을 들고 오는 두 아이. 답답한 시간 동안 우린 책으로 위로받고 힘을 내며 지냈다. 하지만 집에서 대부분 시간을 보내니 환기가 필요했다.

모처럼 아이들과 밖으로 나가서 시간을 보내기로 했다. 선선해진 저녁 시간에 마스크를 쓰고 나가니 답답함이 덜해서 한결 수월했다. 밖에 나오니 물 만난 고기처럼 이리저리 뛰어다니는 녀석들의 얼굴에 화색이 돈다. 진작 이렇게라도 나와서 자주 바람이라도 쐴 걸 그랬다.

해가 지는 놀이터에서의 시간은 색다른 경험이었다. 어둑어둑해지는 풍경이 신기했는지 채민이와 다민이의 목소리가 한껏 높아져 있었다. 몇 번씩이나 미끄럼틀을 타며 뛰어다니는 아이들을 한참을 바라보고 있었다. 갑자기 채민이가 신발 한 짝을 벗는다.

"채민아, 혹시 신발 벗고 미끄럼틀 타려는 거니?"

"아니야. 다민이가 여기 깜깜하다고 해서 내 신발 주려고"

"신발은 왜?"

"여기 야광 신발 있으면 안 무서워"

밖이 깜깜해지니 다민이가 원통 미끄럼틀에 들어가는 게 무섭다고 했나 보다. 동생을 위해 야광 샌들을 주면 미끄럼틀 속이 환해질 거라는 채민이의 생각이었다. 혼자서는 못 타고 망설이던 다민이는 야광 샌들 신은 언니랑 같이 미끄럼틀 속으로 들어갔다.

자신들이 해냈다고 외치며 미끄럼틀에서 나오는 두 아이의 얼굴을 보니 나도 신이 났다. 언니의 야광 샌들이 있어서 미끄럼틀이 하나도 무섭지 않았다고 말하는 다민이. 샌들에 달린 야광 별빛 하나 믿고 컴컴한 미끄럼틀을 통과해 낸 아이들을 보고 있으니 문득 요즘 나의 모습이 떠오른다. 코로나와 가정 보육에 불평만 쏟아내던 내가 부끄러워졌다.

몇 년 전만 하더라도 아무 생각할 겨를 없이 육아의 터널을 통과해냈던 나였다. 초보 엄마 시절의 막막함을 힘들지만 견뎠다. 반짝 육아 안정기도 누려봤다. 언제나 힘든 과정 뒤에는 보상이 따랐다. 어려운 상황 속에 놓여 있더라도 배우고 얻는 것도 있었으니 말이다. 육아의 각 단계를 하나씩 밟아오고 있었던 거다.

지금도 묵묵히 견뎌내야 할 새로운 상황이라고 여기면 되는 거였다. 힘들고 하기 싫은 일들만 있었던 게 아니었는데 한번 불만을 쏟아내니 다른 부분까지 나쁜 에너지를 뿜게 된 건 아닐까 싶다. 엄마 에너지는 일상을 유지하는 데 중요하다. 엄마의 손길이 항상 필요한 아이들을 위해서라도 에너지를 높여서 힘을 내야 한다.

채민이의 야광 샌들처럼 나에게도 막막한 육아의 길을 비춰줄 밝은 에너지를 찾기로 했다. 코로나 상황 속에서 건강하게 함께 할 수 있는 일상과 남의 손 빌리지 않고 내 손으로 직접 두 아이를 돌볼 수 있는 지금을 감사하기로 했다. 엄마의 에너지는 감사에서 비롯된다. 매일 감사를 찾아서 엄마 에너지를 만들자.

8. 엄마가 멈추니 아이도 멈춘다.

모든 일이 귀찮게 느껴지는 날이 있다. 아무것도 하지 않고 쉬고만 싶다. 하지만 금세 집 안은 두 아이의 동선을 따라 물건들이 늘어져 있다. 지금 치우지 않으면 이따가 더 치우기 싫을 텐데, 라며 몸을 움직인다. 같이 치우자고 말을 해도 대답만 할 뿐 나만 분주하다. 다 놓아버리고 싶다는 생각이 든다.

방으로 들어와서 누웠다. 잠시라도 눈에서 멀어지면 기분을 가라앉힐 수 있으니까 말이다. 금방 일어나서 책장을 둘러본다. 읽고 싶은 책 한 권을 꺼내서 아무 페이지나 펼친다. 여기에 밑줄을 그어 놓았구나, 어쩜 지금 기분이랑 딱 어울리는 구절이야, 다시 봐도 역시 재밌어, 라며 책 속으로 빠져든다. 거실에 정리할 것들은 잠시 미뤄둔다. 아이들 목소리가 들리지만 상관하지 않는다. 책을 계속 읽어야겠다는 생각뿐이다.

고개를 들어보니 어느새 다민이가 방에 들어와 있다. 뽀로로 인형을 눕혀 놓고 병원 놀이를 하는 중이다. 언제 방에 들어온 건지 모르겠다. 잠시라도 혼자 있고 싶은 건 욕심일까. 방해받았다는 생각에 또 기분이 가라앉는다.

문득 다행이라는 생각이 들었다. 지금 책이라도 읽지 않았다면, 책에 들어가지 않았다면, 무엇으로 하루를 채우고 버티고 있었을까. 이 집 어느 곳 온전히 나 혼자가 가능한 공간이 없다고 하소연해봤자 무슨 소용이 있겠냐 말이다. 물리적 공간이 없는 건 어쩔 수 없다. 하지만 나에겐 책이라는 정신적 공간이 있었다. 언제나 나를 향해 열려있는 곳이다. 그런 공간을 늘려가고 싶다.

아침에는 빠른 등원을 꿈꾼다. 주어진 오전 시간을 나만을 위해 완벽하게 보내고 싶은 마음이 굴뚝 같다. 두 아이를 먹이고 씻기고 옷 입히기로 1차전을 마무리한다. 일찍 일어나는 두 아이인지라 아직 등원 시간이 남았다. 2차전은 책을 가져오면 읽어주거나 영어 DVD를 보여주는 것으로 시작된다. 서로 기분 좋은 아침을 보내기 위해 신경 쓴다. 유치원에 가서 잘 지내려면 집에서 충분히 여유를 즐기고 가는 것이 좋으니 말이다.

세탁기를 미리 돌려놓거나, 주방을 정리한다. 왠지 오늘은 하루 관리가 성공적으로 이루어질 것 같은 예감이 든다. 몸을 바쁘게 움직이며 하기 싫은 집안일을 덜어 놓는다. 매일 이렇게 아침을 보내면 좋겠지만 그렇지 않을 때도 있다.

바쁜 아침 시간에 절대 하지 말아야 할 일이 있다. 그건 바로, 스마트폰 열어보기!! 아이를 기다린다는 이유로 잠깐만 봐야지 했는데 잠깐으로 끝나지 않는다는 게 문제다. 하나만 더 봐야겠다, 하다가 등원 시간에 쫓기게 되는 경우가 생겨 버린다. 스마트폰으로 아이의 등원 시간을 지키지 못하는 일은 반복하지 말아야겠다는 생각이 들었다.

그 이후로 아침에는 스마트폰을 눈에 보이지 않는 곳에 둔다. 시간은 시계로 확인하면 된다. 음악이 필요하면 라디오를 켠다. 클래식 FM을 틀어두기 시작했다. 클래식 음악이 이렇게 듣기 좋았는지 예전에는 몰랐었다. 태교 음악으로도 들어본 적이 없었는데 말이다. 디즈니 OST를 클래식으로 편곡한 버전도 자주 나오기 때문에 한창 공주에 빠진 두 아이가 반가워하기도 한다. 자연스럽게 클래식 음악을 접하게 되었다. 집 안에 잔잔하게 흐르는 아침 분위기도 제법 좋다. 혼자 있는 오전 시간에도 라디오를 켜두면 일상 배경 음악으로 이만한 게 없다는 생각이 든다. 하나씩 루틴을 더해가며 멈추기 쉬운 시간을 활기차게 바꿔갔다.

아이에게 잔소리가 쏟아질 것 같은 감정이 올라올 때면 정리가 필요한 시간임을 알아차린다. 마음 정리에 좋은 건 바로 옷장 정리다. 옷장 문을 열었다. 가지런히 옷걸이에 걸린 남편과 아이 옷들 아래로 바닥에 구겨져 있는 내 옷들이 보인다. 보는 순간 속상하고 답답하다. 제대로 챙기지 못한 옷이 지금 내 마음처럼 보인다. 아무리 바쁜 일상이라고 하지만 내 옷 하나 정리할 시간이 없는 것도 아닌데 말이다.

흐트러진 내 물건, 내 감정을 먼저 돌아보고 챙기는 건 어떨까. 잔소리, 불평, 불만을 늘어놓기 전에 내 주변을 먼저 정리해보는 거다. 어지러운 마음으로는 복잡하고 답답한 것들만 보는 게 어쩌면 당연한 일이니 말이다.

좋은 습관을 만드는 것으로 멈춰있거나 막힌 일상을 고쳐보자. 처음에는 습관에 익숙해지기가 어렵다. 하지만 반복되는 나쁜 상황을 이어가는 것보다는 훨씬 나은 결과를 가져오는 것은 분명하다. 엄마가 먼저 하나씩 바꿔 가는 연습을 해보는 거다. 의지대로 되지 않는 일에 신경을 쏟으면서 힘들어할 필요는 없다. 쉽게 지치고 멈추지 않기 위해서라도 습관은 필요하다.

습관을 만들며 일상이 달라지는 경험을 하게 된다. 해결되지 않을 것 같은 문제도 어느 순간 풀리게 되니 일상에 활기가 생긴다. 한결 가벼워진 마음으로 움직이는 엄마의 모습은 아이에게도 긍정적인 영향을 준다.

엄마가 기분 좋게 물건들을 정리하는 모습을 보고 아이도 기쁜 마음으로 장난감과 책을 정리한다. 스마트폰에 눈길을 주고 있는

엄마보다 같이 좋은 음악을 들으며 이야기하는 엄마에게 사랑을
느낀다. 엄마와 아이가 함께 멈춤이 없는 일상을 만들어 갈 수 있
다.

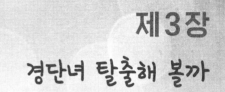

제3장
경단녀 탈출해 볼까

1. 이력서 또 이력서

채민이가 7개월 무렵의 일이었다. 여름 더위가 조금씩 식어가고, 아기와 둘이 보내는 시간에도 익숙해지고 있었다. 별일 없이 평온하기만 한 날들이었다. 그때 무슨 바람이 불었는지 갑자기 일해야겠다는 생각이 들었다. 직장을 구해야 하는 일 말이다. 뜬금없이 워킹맘이 되겠다는 생각은 어디서부터 나온 걸까. 돌이켜 보면 나란 사람도 참 대책 없구나, 싶다. 무슨 필요한 물건 사듯이 여기저기 알아본다고 금방 구해지는 것도 아닌데 말이다. 앞뒤 살피지 않고 즉흥적으로 반응하는 건 쉽게 바뀌지 않는 기질인가보다. 그래도 그렇지, 그때의 나는 철이 없어도 많이 없었구나.

직장 생활이 늘 힘들고 답답했던 나였다. 결혼하고 나서는 퇴사에 대한 마음이 더 커졌다. 임신과 동시에 바라던 전업주부가 되었는데 웬 워킹맘 타령인지 싶었다. 남편이 불만을 표현한 적도 없다. 나를 위해 일을 해보면 어떠냐는 제안을 한 적도 없다. 이건 순전히 '육아로부터의 도피'라고 할 수밖에 없었다.

전업주부로 사는 것이 답답했다. 뭐 얼마나 해봤길래 그런 소리가 나오냐고 할 수도 있겠지만, 육아는 기간의 문제가 아니었다. 자녀가 한 명이냐 두 명이냐에 따른 문제도 아니었다. 매 상황 나 자신과의 인내심과 책임감을 겨루는 테스트의 연속이었다. 조그만 아이 하나를 키운다는 것은 하루에도 수십 번씩 내 안의 감정들을 마주하는 일이었다. 서른다섯 살에 엄마가 되고 처음 알게 된 감정을 대할 때면 제대로 된 '나'로 살고 있는지 혼란스러웠다. 집이 아닌 곳에서 전업주부가 아닌 내가 되면 다시 '나'를 찾을 수 있을 것 같았다.

구인 사이트에는 채용 공고가 넘쳐났다. 많은 곳에서 지원자를 찾고 있구나. 어디 한번 찬찬히 둘러봐야겠다.

'난 아이를 키우고 있으니까, 출퇴근 조정이 가능하면 좋겠다.'
'거리도 가까워야겠지',
'예전처럼 야근이나 출장이 있는 업무가 힘들겠지? 단순 사무

직에 지원해야겠다.'

'그런데 이런 꿈의 직장이 있다고? 아니야 꼼꼼하게 찾아보면 어디 한 군데는 있지 않을까?'

채용 공고 내용을 읽는 것만으로도 그 일을 할 수 있을 것 같은 마음이 들었다. 원하는 조건의 공고를 검색하면서 틈틈이 이력서도 꼼꼼하게 작성했다. 언제 어떻게 나에게 맞는 채용 공고를 만날지 모르니 미리 정성 들여 작성 해둬야 함은 필수니까 말이다. 지원할만한 곳이 생각보다 적었다. 예전에 일했던 곳에서 올린 채용 공고를 봤다. 집에서도 아주 가까웠고, 임신 직전까지 했던 일이기에 왠지 가능성이 보였다. 다행히 아직 마감일이 남았다. 그러던 중 전화 한 통을 받았다.

"언니, 잘 지내? 채민이는 잘 크고?"
"응. 오랜만이야. 넌 어때? 육아 힘들지?"
"응 언니. 나 다시 일하기로 했어"
"어머, 그래? 어디로?"
"전에 일하던 곳에서 연락 받았어."
"그랬구나, 잘됐다. 축하해"

전 직장 동기였다. 나와는 달리 출산 직전까지 근무했고, 출산

후에는 나처럼 육아에 매진하고 있던 친구였다. 전 직장에서는 채용 공고를 올려놓고, 혹시 전에 일하던 친구에게 출근 가능 여부를 물어봤던 거였다. 함께 근무할 때도 성실하게 능력을 발휘하던 친구였기에 제안을 받을 자격이 충분했다.

내정자가 있는 상황인 줄 모르고 만약 내 이력서를 발송했다면, 어땠을까 하는 생각에 얼굴이 화끈거렸다. 누가 뭐라고 한 상황도 아니었는데 말이다. '이 사람은 자기 발로 나가 놓고 다시 지원하다니, 뻔뻔하네!'라는 소리가 들리는 것 같았다.

동기의 재취업을 축하하면서 솔직한 내 이야기는 끝내 하지 못했다. 일하려고 알아보는 중이었다고, 그곳에 이력서 보내려고 했었다고, 말이다. 어떻게 그 전화를 받게 되었는지, 지금 생각해도 신기하기만 한 기억이다.

친구의 아이는 친정엄마가 오셔서 봐 주신다고 했다. 순간 부럽다는 대답이 툭 튀어 나왔다. 이런저런 걱정들도 들을 수 있었다. 돌도 안된 아기를 두고 나가는 것과 월급을 받아도 엄마에게 일부 드려야 하는 사항도 있으니 말이다. 워킹맘도 만만치 않겠다 싶었다. 나라면 어땠을까. 내가 제안을 받았다면 바로 출근할 수 있었을까. 급하게 아이를 맡길 곳을 찾느라 어려움을 겪지 않았을까. 몇 년을 쉬다가 갑자기 일에 적응하기 쉽지 않았을 거다.

나의 전업주부 탈출 도전은 현실을 바로 보게 되는 교훈을 얻게 된 것으로 마무리되었다. 그 계기로 나의 삶을 대하는 태도가 너무 가벼웠던 건 아니었는지 반성도 해보게 되었다.

그 이력서는 7년째 아직 그대로다. 언젠가 다시 이력서를 작성하는 날이 올 거라 믿는다. 그때는 이력서를 단순히 육아와 살림에서의 탈출구가 아닌 꿈을 실현하기 위한 무기로 써보고 싶다. 오늘도 진지하게 나를 탐색한다. 멋진 날개를 달고 사회에 나가는 미래의 어느 날을 생생하게 그려본다. 차곡차곡 이력을 쌓아가 보는 거다.

2. 세상에 쉬운 일 하나 없구나

열 살까지 살았던 집은 공장이 딸린 방 두 칸짜리 조그만 곳이었다. 전구에 들어가는 필라멘트 제조업을 하셨던 아빠는 공장에서 기계를 돌렸다. 엄마는 안방에서 일했다. 안방 바로 옆에는 공장과 연결되는 미닫이문이 있다. 문을 열고 계단을 서너 개 올라가면 기계 소리 가득한 공장이다. 엄마는 기계에서 나온 물건을 자르고, 검수하고, 포장했다. 엄마가 앉아서 작업하던 황토색 책상이 떠오른다. 엄마가 하는 일이 항상 궁금했다. 아빠의 공장도 신기하기만 했다.

집은 부모님의 일터이자 가족의 쉼터였다. 학교 갔다가 집에

오면 아빠와 엄마는 항상 일하고 계셨다. 엄마의 일이 늦게까지 이어지는 날엔 엄마 옆에서 동생과 먼저 잠들었다. 엄마는 우리가 형광등 불빛 때문에 잠을 못 잘까 싶어 한쪽을 수건으로 가리기도 했다. 수건에 비치는 불빛을 바라보며, 엄마의 일하는 소리를 들으며 잠이 들었다.

엄마는 일하면서도 삼시 세끼를 뚝딱 차려냈다. 그때는 외식이 흔하지도 않았고 집밥이 당연했다. 엄마가 되고 나니 그 시절의 엄마는 존경 그 자체일 수밖에 없다. 자주 먹는 집밥 메뉴와 더불어 특별식도 종종 만들어주셨다. 돈가스를 만드는 날에는 돼지고기에 달걀, 빵가루를 묻히는 작업을 엄마랑 동생이랑 같이 했던 기억도 난다. 엄마가 만들어 준 돈가스는 세상 최고의 음식이었다. 두툼한 고기를 씹고 있으면 어느 식당 부럽지 않았으니까.

엄마가 바쁘면 아빠가 나와 동생을 데리고 시간을 보냈다. 평일 오후에도 아빠와 함께 시간을 보낼 수 있었던 건 행운이라는 생각도 든다. 특히 주말 아침에는 집 근처 남한산성에 오르는 게 우리만의 일정이었다. 이른 아침 아빠와 동생과 산을 오른다. 한참을 올라가면 따끈한 순두부를 파는 아주머니를 만날 수 있다. 자리 잡고 앉아서 순두부 한 그릇씩 먹는다. 밖에서 먹는 음식은 유난히 더 맛있다.

신선한 아침 공기가 가득한 산에서 하얗고 몽글몽글한 순두부를 먹던 기억은 생각만으로도 마음이 따뜻해진다. 아직도 가끔 아빠랑 그때 이야기를 나누곤 한다. 어릴 때 부모님이 일하느라 바쁘시긴 했어도 늘 집에 계셨기 때문에 정서적으로 안정감을 누릴 수 있었지 않았나 싶기도 하다.

어느 날 엄마에게 물었다.

"엄마, 어떻게 집에서 일도 하고, 밥도 하고, 두 딸을 키웠어?"
"아빠가 많이 도와줘서 그랬지. 혼자서는 힘들었을거야"

엄마가 일과 살림을 동시에 해낼 수 있었던 건 아빠의 육아 참여가 가능했기 때문이었다. 아이를 낳은 엄마가 일하기 위해서는 여러 가지 제약이 따르기에 다른 사람의 도움은 필수다. 엄마는 아빠의 도움이 있어서 수월했다고 말은 하지만 지금의 나보다도 훨씬 젊은 나이의 그 부부는 얼마나 많은 걸 인내하고 절제하며 살았을지 가슴이 뭉클해진다. 마흔이 넘은 이제야 겨우 그걸 생각하고 깨닫는다.

우리 엄마처럼 집에서 일할 수 없는 나는 어떻게 가계에 보탬이 되는 일을 할 수 있을까. 나가서 돈을 벌어올 수 없으니 남편이 벌어오는 돈이라도 아끼고 모아야겠다는 생각이 들었다. 처음부터 이런 생각을 한 건 아니었다. 직장을 그만두고 전업주부가 되고 나서 남편은 경제권을 나에게 넘겼다. 각자 관리했던 돈을 이제 한 사람이 관리하기로 한 거였다.

남편과의 경제적 관념이 달랐다. 그는 어렸을 때부터 계획적인 저축과 소비가 습관이 된 사람이었고, 나는 정반대였으니 얼마나 서로가 답답하고 이해가 안 되었을까. 지금 생각하면 불안한 마음을 갖고도 나에게 경제권을 넘긴 남편도 대단하다.

하루아침에 갑자기 가계부를 쓰고 절약을 실천하기란 쉽지 않았다. 정보를 얻기 위해 짠돌이 카페와 미니멀 라이프 관련 카페에도 가입했다. 절약과 저축에 대한 블로그도 찾아보고, 인기 있다는 가계부도 샀다. 절약의 첫 단계는 항목별 지출 사항을 꼼꼼하게 살펴봐야 한다는 거였다. 그래서 통장 자동이체 기록을 바탕으로 한 달 예산을 짜서 남편에게 보여줬다. 그랬더니 저축 금액이 너무 적다고 하는 거다. 난 이것도 못 쓰면 어쩌냐, 라는 의견으로 서로 대립했다. 답답하기만 했다. 외벌이가 되었으니 돈을 아껴야 하는 것도 맞고, 이제 집안 살림을 본격적으로 잘 꾸려야 한다는 것도 맞다. 하지만 안 해본 걸 해보려니 점점 불만이 쌓이기 시작했다.

어느 날 남편이 넌지시 말했다.

"회사 생활 열심히 해서 경제적으로 탄탄하게 만들고 싶어. 나중에 당신이 하고 싶은 일 할 수 있게 지원해줄 수 있는 여유도 생길 테니까!"

한 푼이라도 더 저축하려는 남편에게 처음엔 불평했었고, 주말 내내 출근할 때는 나는 혼자만의 시간도 없는 거냐며 투정만 했었다. 남편은 나름대로 힘든 회사 생활을 버티기 위한 목표를 정해놓고 있었던 거다.

그 이후로 집에서 절약하고 돈 모으며 가정을 경영해나가는 것이 지금의 나의 일이라고 여기며 살고 있다. 두 아이가 한 살이라도 더 어릴 때 돈을 모아야 하는 명확한 이유와 목표를 세웠다. 구체적인 저축 금액도 설정했다. 처음엔 가능성이 없다고 생각했다. 하지만 목표를 향해 가는 삶은 달랐다. 말의 힘은 강했다. 지금도 목표를 향해 나아가는 중이다.

쉬운 일은 없다. 나가서 돈을 버는 일도, 집에서 살림하는 일도 다 만만치 않은 일이다. 결혼하고 가족이 생긴다는 것은, 같은 배를 타고 인생을 항해하는 일이다. 거친 파도를 만나면 어려움을 극복하기 위해 함께 해결해야 한다. 파도가 무섭다고, 잘 모른다고 피하려고만 한다면 그런 서로의 모습에서 신뢰가 생기기는 어렵다. 신뢰를 바탕으로 주어진 상황에서 각자 할 수 있는 위치에서 최선을 다하면 되는 거다. 지금을 헛되이 보내고 싶지 않다. 세상에 다시 나가기 위해 하루하루 최선을 다할 이유가 충분하다. 몇 년 후에는 내가 벌어온 돈으로 남편에게 경제권을 넘겨줄 수 있으리라 믿으면서 말이다.

3. 나를 찾을 수 있을까

책 《자존가들》에서 배우 김혜자 님의 인터뷰를 읽었다. 일을 포기하고 일찍 결혼해서 아이를 키우기로 한 선택을 후회하지 않았냐는 질문의 대답이었다. 그녀는 그 시간이 행복했다고 말한다. 아이가 네 살이 되니 자신을 찾지 않기 시작했다고 했다. 그래서 아주 쿨하게 다시 연극을 시작하게 되었다고 한다. 자신의 선택에 후회 없이 최선을 다했기에 아이를 두고도 다시 일을 시작할 수 있었던 것이 아닐까. 나도 지금을 초조와 불안감으로 채워가서는 안 되겠다는 생각이 들었다. 고민만 하기보다는 할 수 있는 일에 최선을 다하면서 살아가는 태도가 필요한 시점이라는 확신이 생겼다.

2021년 제93회 아카데미 시상식에서 멋진 소식이 들려왔다. 배우 윤여정 님의 여우조연상 수상이었다. 특히 수상 소감 마지막에 나온 자녀 이야기는 깊은 울림이 있었다. 그녀는 두 아들이 엄마에게 나가서 일하라고 해서 다시 시작할 수 있었다고 말했다. 두 아들 덕분에 오늘의 본인이 있음을 자랑스러워하는 모습은 세계적인 배우이기 이전에 그녀도 엄마라는 걸 공감하게 한다. 그러고 보면 엄마가 일하는 데에 있어서 아이가 꼭 걸림돌이 되는 것만도 아니라는 생각이 든다. 동시에 나는 아이 때문에 이런저런 핑계들만 늘어놓고 있는 것 같아서 뜨끔했다.

그러니 아직은 더 버티고 겪어내야 한다는 인생 선배님들의 메시지를 이제는 좀 알아듣고 정신 차려야 하지 않을까.

아이를 키우고 자신의 영역을 구축해나가는 여성들을 보면 그녀들에게도 나처럼 멈춤의 시간이 있었을까 궁금해진다. 도무지 상상되지 않는다. 누군가의 성공의 결과만을 부러워하지 말고 과정을 보라고 했다. 내가 배우고 훈련해야 할 것이 바로 그 과정이다. 어떻게 그 시간을 버텼으며, 다시 용기를 낼 수 있었는지 말이다.

몇 년의 시간을 주로 부정적인 생각을 하면서 지냈던 적이 있다. 끝이 안 보이는 할 일들에 치여 버겁기만 했다. 아이를 돌보고, 집안일을 하고, 먹는 것도 대충 먹으며 되는대로 지냈다. 딱히 달라지는 것이 없이 반복되는 하루는 구질구질하게 느껴질 정도였다. 물먹은 솜처럼 푹 가라앉은 채로 다시 수면 위로 나올 일은 없을 거라고 믿었다.

사회에서 멀어졌다는 이유로 나를 그대로 방치를 했다. 나조차 보기 싫은 내 모습이라면 어느 누가 나라는 존재를 인정해줄까 싶었다.

'결혼한 여자는 할 수 있는 게 없을 거야',
'아이 돌보는 것도 벅찬데 무슨 공부야, 나이 들어서 시작하면 늦은 건 아닐까'

이런 말은 스스로 씌운 굴레였다. 나 자신을 과소평가했다. 가치를 떨어뜨리는 생각만 했다. 굳이 그럴 필요까지 없었는데 말이다. 긍정적이고 힘이 되는 에너지를 주는 방법을 몰랐다. 자리에서 박차고 일어나서 새로운 삶을 꿈꾼다는 건 마법과도 같은 일이라고 생각했다. 현실적으로 불가능하다고 여겼다.

영화 〈폴라 익스프레스〉의 주인공은 이제 산타 할아버지는 절대 없다고 믿는다. 우연히 북극으로 가는 기차를 타게 되고, 그곳에서 만난 친구들이 산타 할아버지에게 열광하는 것을 본다. 왜 자기에게만 산타 할아버지가 보이지 않는지, 친구들은 정말 산타 할아버지를 만난 건지 궁금해한다. 그러다 주인공이 산타의 존재를 믿기로 했을 때, 썰매의 방울 소리가 들리기 시작한다. 드디어 산타 할아버지가 눈앞에 나타났다. 영화를 통해 무엇이든 믿기로 하는 게 중요함을 알게 되었다. 나의 상황을 바꿀 수 있음을 믿기로 했다. 그 순간 두 아이의 얼굴이 떠올랐다.

자식을 키우는 일을 농사에 비유한다. 농사의 뜻을 국어사전에서 찾아보면 '곡류, 과채류 따위의 씨나 모종을 심어 기르고 거두는 따위의 일'로 우리가 알고 있는 그 개념이다. 또 다른 뜻으로는 '자녀를 낳아 기르는 일을 비유적으로 이르는 말'이라고 나와 있다.

농사는 적합한 땅을 고르는 것으로 시작한다. 씨앗을 뿌리고 좋은 흙으로 잘 덮어야 한다. 자라는 과정을 아침, 저녁으로 잘 들여다봐야 한다. 시기에 맞춰 약도 뿌리고 잡초도 뽑아야 한다. 열매가 열리면 적절한 수확의 시기를 결정해야 한다.

수확물을 얻기까지 시간이 오래 걸린다. 자식을 기르는 것이 이에 비유되는 걸 보면 크게 다를 게 없기 때문이 아닐까. 물론 위의 과정대로만 한다고 해서 원하는 작물을 얻을 수 있는 건 아니다. 기후의 영향이나 여러 가지 변수가 작용할 수 있으므로 항상 철저하게 준비하고 대비해야 하는 것이 농사를 짓는 사람이 갖춰야 할 자세이다.

자식 농사를 잘 짓기 위해 육아라는 밭 한가운데에 서 있다. 나를 찾는 일이 우선이 되지 않는다고 속상해하지 않기로 했다. 두 아이를 기르는 일을 통해서도 충분히 나를 찾을 수 있다고 믿는다. 엄마로 살아가게 되면서 계속 듣게 되는 질문 중 하나가 자식에 관한 내용일 것이다. 내 자식 잘 키워놓고 홀가분한 마음으로 사회로 돌아가는 계획을 세우고, 실천하기로 했다. 중간중간 수정하고 점검하면서 방향을 잃어버리지 않을 것이다. 농부의 마음으로 오늘도 아이와 나의 마음의 밭을 잘 가꿔야겠다.

4. 나를 사랑하는 법 찾기

잠결에 아이들 소리가 들린다. 얼른 일어나보니 아침 9시다. 아, 다행이다. 오늘 어린이날이구나. 새벽에 다민이가 다리 아프다, 팔 아프다 징징거리는 바람에 몇 번을 깼다. 겨우 달래고 잠들었더니 이 시간이다. 아, 오늘 글쓰기 수업 듣는 날이잖아. 한 시간 밖에 안 남았네. 아니지. 한 시간 남았다. 어서 움직이자고.

후다닥 머리를 감고 나와서 주방으로 간다. 냉장고를 연다. 어제 사다 놓은 반찬 재료들을 꺼낸다. 냄비에 물을 끓인다. 연근을 물에 씻는다. 끓는 물에 연근과 식초 반 숟가락을 넣는다. 3분 동안 끓이다가 건져 내고 물기를 빼둔다. 호박, 감자, 양파를 썰어서 고기랑 함께 볶는다. 적당히 익었을 때쯤 물을 넣고 조금 더 끓인다. 카레 가루를 넣어 잘 젓는다. 김치 한 포기를 꺼내 썬다. 먹다 남은 햄이랑 아까 남겨둔 양파도 같이 썰어 둔다. 김치 먼저 넣고 달달 볶다가 나머지 재료들을 넣어 김치찌개를 팔팔 끓인다. 물기 빠진 연근을 팬에 올려 조림장 양념을 넣고 달달 볶아서 연근조림을 만든다. 반찬 세 가지를 뚝딱 완성했다.

수업 시작 10분 전이다. 아침밥 생각도 없다. 전기 포트에 물을 끓인다. 커피 믹스 한 봉을 뜯어 컵에 담아 물을 붓는다. 역시 집안일 하고 난 뒤에 마시는 커피 한 잔은 일상의 활력소다. 커피를 마시고 홀가분하게 주방에서 나온다.

남편과 아이들에게 2시간 동안은 방에 들어오지 말라고 부탁했다. 서둘러 노트북을 켜고 줌에 접속한다.

매번 강의를 들을 때마다 얼마나 감사를 자주 떠올리는지 모른다. 집구석에서는 할 수 있는 게 없을 것만 같았던 나에게도 배우고 성장하는 시간이 주어졌다는 것에 가슴이 뛴다. 오늘도 나만의 시간을 꽉 채워 보내야겠다는 마음으로 강의를 듣는다.

다민이가 문을 열고 묻는다.

"엄마. 근데 뽀로로 봐도 돼?"

"DVD 안 보고? 그래그래 뽀로로 봐! 대신 엄마 찾지 말아 줘!!!"

"알았어!! 언니!! 엄마가 봐도 된대!!!"

영상은 영어 DVD 위주로 틀어준다. 웬일로 뽀로로를 찾는지. 그래, 오늘은 특별히 어린이날이니까. 뽀로로를 허락했다. 사실 녀석들이 나를 찾지 않을 확실한 방법이 뽀로로면 충분하니까.

글쓰기 강의를 듣는 내내 밖에선 아이들의 웃음소리가 끊이지 않는다.

'그래 너희들은 뽀로로면 신나지? 나도 지금이 가장 신나고 행복한 시간이다!'

각자 좋아하는 것을 하면서 시간을 보내는 가족의 모습도 괜찮은 휴일의 풍경이라는 생각이 든다.

채민이가 네 살, 다민이가 두 살 때였다. 주말은 물론 공휴일마다 무조건 외출을 했다. 맘카페에 인증 사진이 올라오는 곳이란 곳은 다 가봐야 직성이 풀렸다. 그래야만 제대로 육아를 하는 것인 줄 알았으니까 말이다. 휴일에 나가면 인파에 몰려 이리저리 휩쓸려 다녔다. 두 아이와 밖에서 먹을 만한 음식도 마땅치 않았다. 겨우 식당에 들어가도 두 아이를 챙기느라 밥이 제대로 입에 들어갈 리가 없었다. 집에 들어오면 피곤함에 지쳐 아무것도 할 수가 없었다. 휴일이 통째로 날아 가버린 기분이었다. 돈은 돈대로 시간은 시간대로 흘려버리고 들어왔다. 탈탈 털렸다. 가족과 함께 보내는 시간이 즐겁지 않았다. 휴일을 보내는 방법이 이것만이 아닐 텐데. 왜 항상 남들 사는 대로 따라 하려고만 했을까. 즐겁고 행복하지 않았는데 말이다.

글쓰기 수업이 끝났다. 배가 고프다. 수업 전에 만들어 놓은 반찬들을 꺼내 그릇에 예쁘게 담는다. 나만을 위한 밥상을 차린다. 알차게 오전을 보내고 나니 밥맛도 좋다. 수업 내용을 떠올리며 오늘 쓸 글을 구상해본다. 생각처럼 술술 써지지는 않겠지만 내 생각 근육을 글쓰기로 단련해보려 한다. 오후에는 아이들과 무얼 하며 보낼지 생각해본다. 그런 생각으로 아이들을 바라보니 더 사랑스럽게 보인다.

내 안에 사랑이 없다고 심각하게 고민한 적이 있었다. 아이들이 원하는 만큼 사랑을 꺼내줄 수 없어서 힘들었던 시간이 있었다. 모성애가 없는 나의 모습을 받아들이지 못했다. 해결하고 싶었다. 책을 찾아서 읽고 또 읽었다. 완벽하지 않은 나부터 사랑해야 한다는 것을 알게 되었다. 나를 인정하는 것부터 시작하라고 했다.

처음에는 모든 것이 어려웠다. 인정하고 받아들이는 것 자체가 고통스럽기도 했다. 나를 직면하는 것이 이렇게나 엄청난 에너지가 필요한 일이었다니. 하지만 바꾸고 싶었다. 지금까지 모르고 살아온 것은 어쩔 수 없다지만 앞으로는 다르게 살아야겠다는 마음이 커져만 갔다.

어떤 감정으로 오늘을 살 것인지 선택했다. 아침에 일어나서 '일찍 일어나려고 했는데 오늘은 망했다'라며 자책하지 않았다. 주어진 시간이 빠듯했지만 해야 할 일을 먼저 떠올렸다. 무엇을 하면 기분이 괜찮을지를 생각했다. 조금씩 나를 사랑하게 되었다. 불완전한 모습도 인정할 수 있게 되었다. 서툰 엄마, 미성숙한 사십 대, 부족한 아내, 딸, 며느리, 그 모든 역할에서 느꼈던 자책이 줄어들기 시작했다.

오후에는 다 같이 산책을 해야겠다. 돌아오는 길에는 동네 마트에 들러 아이스크림 하나씩 먹는 것도 잊지 말아야지. 아직 어린이날이 뭔지 잘 모르는 녀석들 덕분에 휴일에도 나의 일상을 흔들림 없이 지켜냈다.

5. ㅇㅇ는 일하잖아

워킹맘은 육아 휴직이 끝나면 회사로 복귀한다. 전업주부가 사회로 복귀하기 적당한 시기는 언제일까. 전업주부의 일과 직장에서의 일은 어떤 차이가 있을까. 직장에서 일하면 돈을 벌 수 있다. 야근과 특근이라는 연장 근무도 인정해준다. 전업주부는 종일 집에서 편하게 있는 거 아니냐는 눈초리를 피하기 어렵다. 꼬리에 꼬리를 무는 생각은 끝이 보이지 않는다. 어딘가에 명쾌한 답변이 있다면 찾아가서 들어보고 싶다.

도대체 전업주부인 저는 누구일까요?

저는 언제, 어떻게 사회로 돌아갈 수 있을까요?

남편이 회사 동료 부인의 맞벌이를 이야기하는 게 싫었다. 엄마의 친구 딸이 아이를 낳고도 일한다는 소식을 듣는 것도 불편했다. 지인들이 아이들 나이를 물어보며 다시 일 안 하냐고 물어보면 그냥 웃을 수밖에 없는 현실이 답답했다. 그것만이 아니었다. 시댁에 가면 일도 안 하는데 살림 못 한다는 소리를 들을까 괜히 혼자 신경 쓰였다.

이 세상은 일하는 사람과 일하지 않는 사람만으로 이루어진 것 같았다. 일하지 않는 나는 아무런 힘이 없는 존재라고 생각했다.

남편은 회사 잘 다니냐, 아이들은 유치원 잘 다니냐, 다음으로 나에 대한 질문이 이어지는 경우가 거의 없다. 나는 그들의 대변인인 듯했다. 나는 누구일까. 사실 나조차도 나란 사람에 대해 진지하게 생각해본 적이 없었다. 그동안은 그래도 학생, 직장인처럼 내놓을 명함이 있었으니까.

정확히 나에 대해 정의할 수 없다는 사실에 좌절감이 밀려왔다.

2년제 전문대학을 졸업하고 바로 서울에 있는 한 대학병원 연구실에서 근무하게 되었다. 연구실은 국가연구개발사업에 참여해서 연구 과제비를 받는다. 과제 수행에 필요한 비용에 인건비도 포함되는 경우가 대부분이다. 따라서 연구과제 신청서가 통과되어 수행기관으로 선정되는 일은 중요했다.

내가 들어간 연구실은 담당 교수님 한 분, 박사, 석사 출신의 연구원 두 명, 전문학사 출신 연구원 두 명이었다. 매주 월요일 아침 연구 회의가 열린다. 그날은 새로운 연구 과제 사업 신청을 위한 제안서를 검토하는 시간이었다. 제안서 작성 담당인 연구원 언니가 교수님께 질문했다.

"교수님. 지영씨 최종 학력란에 뭐라고 기재해야 할까요?"
"전문대 졸업하면 고졸이랑 같아요. 고졸이라고 기재하세요"

당황스러웠다. 담당 교수님이 평소에 나를 그렇게 생각하고 있었구나 싶었다. 불편하고 창피했다. 전문학사라고 쓰면 안 되나요, 라는 말을 왜 못했을까. 난 고졸 학력의 자격으로 일하는 연구원이 되었다. 망치로 머리를 맞은 기분이 이런 걸까. 몇 개월 뒤에 사직서를 제출했다. 그 일만이 사직의 이유는 아니었지만 어쨌든 편입 시험을 준비하기 위해 연구실을 그만두기로 했다.
교수님과 사직서 이야기를 했다.

"지영씨, 집에서 아무나 시험 준비를 할 수 있는 게 아니야."
"어렵다는 거 잘 알지만 그래도 해보려고요."
"에이, 그냥 영어 테이프 사서 영어 공부나 해보지 그래?"
"네? 영어요?"
"아니면 병원 근처에 방송통신대 있잖아. 거기나 알아봐"

"그건 좀..."

응원을 기대한 건 아니었다. 찬물 끼얹는 소리를 여러 번 해 주신 덕분에 이제야 정신 차리고 뭔가를 시작하려고 했다는 사실을 확인할 수 있는 시간이었다. 그걸 교수님이 아실 리가 없겠지만 말이다.

솔직히 편입에 성공한다는 보장이 전혀 없었다. 실패하면 계속 편입 공부에만 매달릴 수도 없는 상황이었다. 편입의 목적이 단순히 학위를 받는 것이었다면 더 신중했어야 했다. 졸업하고 다시 연구원으로 들어갔을 경우를 생각해봤다. 연구원의 월급은 기업체와 차이가 있다. 학위를 받고 다시 연구원으로 돌아오는 것은 지금과 달라지는 삶이 아니었다.

지금 결정하지 않으면 계속 이런 삶을 살아야 한다는 것은 변함없는 사실이었다. 연구 제안서를 제출할 때마다 나에게는 고졸이라는 꼬리표가 붙을 것이다. 그 사실은 나를 괴롭히고 힘들게할 게 당연했다.

연구실을 그만두고 바로 편입 학원 등록을 했다. 아침 7시부터 시작하는 강의를 듣고 점심을 먹었다. 오후에는 세무사 사무실 아르바이트를 했다. 저녁을 먹고 집 근처 도서관에 가서 밤 11시까지 공부했다. 아르바이트 시간 때문에 학원 스터디 모임에 들어갈 수도 없었다. 고독하고 외로웠다. 더 괴로웠던 건 갑자기 공부하겠다며 잘 다니던 직장을 관둔 딸을 지켜보고 있는 부모님께 죄송스러운 마음이었다. 모아 둔 돈도 없는데 등록금은 어쩔 건지 대비도 하지 못한 상황이라 불편했었다.

그해 1월 말에 연구실을 그만두고, 1년 뒤에 편입이라는 목표를 이루고 3학년으로 학교에 입학했다. 졸업 후에 연구실로 돌아가지 않았다. 직장에 다니며 새로운 경력을 쌓았다.

지금은 20년 전 그때처럼 목표를 위해 온전히 매진할 수 있는 상황은 아니다. 하지만 간절함의 정도를 따진다면 더하다고 할 수 있다. 그땐 나 혼자만 생각하면 되었기에 결정하는 데에 어려움이 없었는지도 모르겠다.

나와 연결된 여러 고리를 단번에 끊어내기가 어렵다. 육아와 살림이라는 것이 일정 시간을 버티면 끝이 나는 것도 아니다. 기약 없는 도전이라고 해도 할 수 없다. 하지만 오늘의 내가 미래의 나를 만든다는 생각을 밀고 나가기로 했다. 불현듯 찾아오는 미래에 당황하며 기회를 놓치고 싶지 않다. 충분히 지금과는 다른 내가 될 수 있다는 믿음으로 경단녀를 벗어나기 위한 도전을 멈추지 않기로 했다.

6. SNS 속 그녀들

　주말에도 별일이 없으면 놀이터에 간다. 햇볕이 강렬한 한낮의 놀이터일지라도 두 아이에게는 그저 신나는 공간이다. 주말이라 그런지 놀이터는 한산하다. 더위도 피할 겸 나무 그늘 밑 벤치에 앉는다. 다리를 쭉 펴고 고개도 이리저리 돌려 본다. 신고 있는 운동화에 시선이 멈춘다. 검은색 컨버스 운동화가 오늘따라 더 지저분해 보인다. 이따 집에 가서 운동화를 빨아야겠다. 깨끗하게 빨아서 햇볕에 바짝 말려야지. 볕이 강하니 금세 마르겠다. 생각만으로도 기분이 상쾌하다.

　아이들이 목마르다며 뛰어온다. 땀을 뻘뻘 흘리며 빨개진 얼굴을 보니 불타는 고구마가 따로 없다. 꿀꺽꿀꺽 물을 마시고 다시 뛰어가 버리는 아이들을 보고 있자니 갑자기 속이 탄다. 집에 들어가는 시간이 연장되는 건가. 얼른 집에 가서 운동화도 빨아놓고 얼음 가득 커피 한 잔도 마시고 싶은데. 마음먹은 일은 뜻대로 되지 않는다. 그래서 더 속이 타는지도 모르겠다.

에어컨 빵빵하게 켜놓고 집에서 한 발자국도 나오고 싶지 않다. 여름 동안만이라도 놀이터 출입금지령이 내렸으면 좋겠다. 왜 이 더운 날 밖에서 이러고 있어야 하는지 억울하다. 시원한 곳이라면 어디라도 당장 달려가고 싶다.

여름철 사무실의 에어컨은 종일 돌아간다. 시원하다 못해 온몸에 닭살이 돋고 한기가 느껴진다. 컨디션이 좋지 않을 때는 두통이 시작된다. 냉방병에 시달린 게 한두 번이 아니다. 그래서 항상 카디건을 입고 무릎 담요를 덮고 있었다. 점심 먹으러 밖에 나가면 '와, 따뜻해'라는 말을 할 정도였다. 더운 날에 외근을 다녀와 사무실에 들어오면 천국을 만난 기분이었다. 지금 빌딩 속 사무실에 있는 사람들은 얼마나 시원하고 좋을까. 무더운 여름에 땀 흘리지 않고 시원한 곳에 있으려면 워킹맘이어야 하는 건가 싶었다.

놀이터 벤치에 앉아서 딱히 할 것도 없었다. 스마트폰을 들었다. SNS를 열어 이리저리 넘겨본다. 그러다 우연히 예전 직장 동료의 아이디가 보였다. 지금은 연락하고 있지 않던 터라 더욱 궁금해진다. 그녀는 같이 일하다가 큰 회사로 이직을 했다. 대학원을 병행하면서 누구보다 열심히 자신의 경력을 쌓아가던 그녀였다. 첫째 출산 시기가 비슷해서 그때까진 가끔 연락을 주고받으며 지냈다. 지금은 자연스레 연락이 끊긴 상태다.

SNS 속 그녀는 여전히 멋지게 직장 생활하며 지내고 있었다. 하나도 변한 게 없다는 사실이 놀라웠다. 해외 출장도 다니고, 아이 반찬도 정갈하고 예쁘게 사진을 찍어서 올려 두었다. 집 인테리어도 깔끔했다. 모든 게 완벽해 보였다. 잡지 속 연예인의 일상을 보는 것처럼 나와는 완전 다른 세계의 그녀가 부럽기만 했다. 같은 직장에서 근무하던 시간이 통째로 사라진 듯하다. 난 그녀에 비해 하나도 바쁘지 않은 사람이었다. 육아와 살림, 어느 하나 제대로 해내지 못하고 있는 게 나였다.

왜 하필 이곳 놀이터에서 이걸 본 걸까. 애초에 SNS를 열어보지 말았어야 했다. 멋지고 행복한 순간 위주로 기록된 곳이 SNS 세계라는 것도 알고 있다. 하지만 어느새 타인과 비교하고 있는 나를 본다. 스스로 불행을 선택하는 것이다. 다양한 삶을 살아가는 사람들을 보면서 공감하고 인정하는 선에서 SNS를 활용하면 된다. 머리로는 알지만 실천하기가 왜 이리 어려운지 모르겠다. 얼마나 더 같은 상황을 반복해야 제대로 깨닫게 될까.

여름에도 카디건을 걸치고 땀이 흐르지 않는 보송한 얼굴로 모니터 앞에 앉아 있는 나는 이제 없다. 바람이 잘 통하는 가벼운면 티셔츠에 챙이 넓은 모자를 쓰고 두 아이와 시간을 보내는 내가 있을 뿐이다. 모니터 앞에 앉아서 쌓는 경력 말고 두 아이와의 시간 속에서 내가 쌓는 경력은 이를테면 이런 것들이다.

바지를 꺼내주면 왕자 옷이라 싫다고 하는 두 공주에게 원피스를 대령해야 한다. 아이들 밥을 차려주고 나는 좀 여유롭게 먹어야겠다는 생각에 내 밥을 따로 가져와서 먹는다. 어느새 허겁지겁 입에 넣고 있는 나를 발견하며 루저가 된 기분이다. '엄마, 이리와 봐'라는 문장을 무한 반복 청취해야 한다. 일정하지 않은 퇴근 시간과 빈번한 연장 근무를 마음을 비우고 받아들여야 한다는 것이다.

아이들은 내가 느끼는 속도보다 몇 배나 빠르게 자라고 있다는 걸 알고 있다. 힘들고 답답해서 그저 편하게 이 시기를 보내고 싶다는 게 솔직한 마음이다. 하지만 내 품을 원하는 시간이 생각보다 길지 않다는 육아 선배님들의 그 말을 믿고 가는 수밖에 없을 듯하다.

종일 시원한 사무실에 있을 때는 바깥 햇볕이 뜨거움이 아닌 따뜻함이라 생각했다. 무더운 여름날 놀이터에서 시간을 보내고 있으면, 추워서 닭살이 돌아도 좋으니 사무실에 앉아 있는 직장인이 부럽다. 전업주부와 워킹맘이 서로를 바라보는 시각도 이와 비슷하지 않을까. 자신의 속사정을 완전히 보여주는 사람은 드물 것이다.

타인의 일부를 그 사람의 전부인 것처럼 재단하고 있던 건 아닌지 돌아보게 된다. 앞으로는 SNS 속 타인의 삶이 아닌 진짜 나의 삶을 제대로 충분히 들여다봐야겠다. SNS 속 멋진 그녀들을 부러워만 하지 말고, 내가 꿈꾸고 원하는 삶을 살 수 있도록 다양한 네트워킹을 만들어야겠다.

7. 불완전한 조건

"다민이 어머님. 올해 유치원 운영 위원으로 참여 부탁드리려
고요."

"제가요? 아유, 자신 없어요, 선생님."

"별로 어렵지 않아요. 분기별 회의에 참석하시면 되는걸요."

"네. 그럼 할께요."

올해 다섯 살인 다민이는 언니가 다니는 유치원에 입학했다.
두 아이를 보내게 되면서 벌써 이 유치원에 3년째 얼굴도장을 찍
고 있으니, 선생님의 부탁을 거절하기 쉽지 않았다. 아는 엄마들

도 많지 않은데 회의에 가서 어색하진 않을지 걱정부터 앞선다. 무엇보다 유치원에 관련된 의견을 주고받는 일이 번거로울 것만 같았다. 어쨌든 하기로 했으니 좋은 경험 한다, 생각하고 참석하기로 했다.

며칠 후에 운영 위원회 날짜가 정해졌다는 연락을 받았다. 증명사진 1부씩 가져오라는 메시지와 함께. 운영 위원회 입회 원서에 증명사진이 필요하다고 했다. '증명사진'이란 단어를 오랜만에 듣는다. 기분이 묘하다. 본격적으로 구직 활동을 하기 전까지는 당연히 증명사진을 찍을 일은 없을 줄 알았다.

굳이 사진을 찍으러 가야 하나, 싶었다. 예전에 찍은 증명사진을 찾아봤다. 세월의 흔적은 어찌할 수 없었다. 뭐, 나라고 하지 못할 정도는 아니었지만. 지금과는 확실히 다른 분위기라 선뜻 제출할 수도 없는 노릇이었다. 단정하게 옷을 입고 머리를 만지고 사진관에 갔다.

'아. 몇 년 만에 찍는건지, 어색하다, 어색해'

증명사진이 나왔다. 사진 속 어색한 입꼬리를 보니 웃음이 난다. 증명사진을 찍을 때의 간절함이 떠오른다. 나의 첫인상이 좋게 보이길, 좋은 결과도 생기길, 하며 떨리는 마음으로 사진을 찍었던 기억 말이다. 비록 오늘은 누구 엄마의 이름으로 유치원에 제출하지만, 내가 원하는 곳에 이 사진을 첨부할 수 있는 날이 올 거라 믿는다.

엄마 경력을 증명하는 방법은 무엇일까. 이력서에 엄마 경력 7 년이라고 쓸 순 없지 않은가. 퇴사한 날부터 현재까지 난 경력 단절이다. 관련 업무를 맡기기에는 공백이 큰 사람이라는 게 확실하게 드러나는 꼬리표를 달고 있다. 이력서에 쓸 내용이 없는 삶은 그 가치가 떨어지는 걸까. 난 집에서 놀지 않았는데 말이다. 내 손으로 두 아이를 키우고 살림을 했다. 다만 사회에서 떨어져 활동 장소가 가정으로 옮겨졌으니 돈을 벌었다거나 성과를 만들었다거나 할 수는 없겠지만 말이다.

왜 이렇게 이력서에 쓸 수 없는 단절된 7년이라는 시간에 자꾸 집착하는 걸까. 지난 나의 시간을 인정받고 싶은 마음이 커서 그런가 싶었다. 가슴에 손을 얹고 생각해보자. 7년이라는 시간 동안 엄마로서 완벽하게 잘 살았다고 당당하게 말할 수 있는지를 말이다.

아이를 맡길 수 없고, 정해진 시간의 출퇴근이 어렵다는 이유로 자연스럽게 머릿속에서 취업 생각을 접어두었을 수도 있다. 경력 단절에 대한 두려움과 일에 대한 감을 놓치고 싶지 않았다면, 다른 방법을 찾아볼 수도 있었다. 재택근무가 가능한 일이 있는지 알아봤어도 되는 거였다. 집에서 하는 부업 일을 할 수도 있었다. 결과적으로는 그 어떤 것도 시도해보지 않았다. 적극적으로 움직이지 않았던 건 인정해야 할 사실이다.

초등학교 때 장래희망은 작가, 선생님이었다. 중, 고등학교 때는 라디오 방송국 PD가 되고 싶었다. 꿈을 이루기 위해서는 우수한 학업 성적이 우선이었다. 꿈만 꾼다고 저절로 되는 것이 아니라는 걸 깨닫게 되는 시기였다. 성적 관리에 소홀했다. 공부에 흥미가 없었고, 제대로 노력한 기억도 없다.

수능 시험 결과가 나오고 담임 선생님과의 면담이 있었다.

"어느 학교에 지원서를 쓸지 생각해봤니?"

"선생님. 그냥 점수에 맞춰서 가야 하지 않을까요? 따로 생각해본 건 없어요"

어쩜 이리 내 미래에 무관심했는지 모르겠다. 생각보다 잘 나오지 않은 결과에 대한 실망감도 컸지만, 의욕이 없는 모습에 절로 힘이 빠진다. 지원하려는 학과에 대해 제대로 알아보지도 않았다. 단지 합격, 불합격에 초점을 맞춰서 새로운 시작을 결정했을 뿐이었다.

이미 시작부터 방향을 제대로 잡지 않아서였을까. 대학에 가서도 공부는 뒷전이었다. 운이 좋게 취업은 했지만, 그 이후에 편입 공부를 하게 되면서 새로운 선택을 경험했다.

직장 생활 또한 마찬가지였다. 원하는 부서에 지원해서 합격만

하면 잘할 수 있을 거라 착각했다. 하기 싫은 업무, 관련 없는 업무, 나와 잘 맞지 않는 상사, 동료들로 인해 회사 생활에 회의를 느끼는 일이 자주 일어났다.

살면서 수많은 준비를 한다. 입시 준비, 취업 준비, 유학 준비, 결혼 준비, 출산 준비처럼 말이다. 준비한다고 해도 모든 일이 뜻대로 되지 않는다는 사실을 알게 된다. 그런데도 제대로 준비하지 않고, 노력해보지도 않고 맨땅에 헤딩만 끊임없이 하던 나였다.

나의 경험들을 되돌아보니 공통점이 있다. 원하는 목표에 대해 노력하지 않았다. 힘을 내야 하는 구간에서 맥없이 늘어져 있던 경우가 많았다. 힘들고 괴로우면 쉽게 포기했다. 인내를 배우려 하지 않았다. 이제 알았으니 부족한 점을 보완해서 다시 사회로 나가게 되었을 때는 실수를 줄이고 싶다.

아이를 키우는 엄마가 되고 나니 사회에서 점점 멀어지게 되는 건 어쩔 수 없었다. 하지만 언제까지 멈춰있을 수만은 없다. 시간을 만들어서라도 공부하는 엄마가 되기로 했다. 사회로 나가기에 아직도 불완전한 조건을 갖고 있지만, 나를 돌아보게 되는 시간은 완전하게 만들 수 있다. 사회에 나가게 되는 시간이 오래 걸리더라도 지금은 '나 알아가기 탐구 생활'을 제대로 해보려 한다.

8. 경단녀밖에 답이 없다면

회사에서는 전공 관련 퀴즈를 풀어야 하는 일이 잦았다. 퇴근 후에도 사내 어학 스터디를 해야 했는데, 귀찮기만 했다. 직장인이 되었으니 퇴근 후 친구들과 쇼핑도 하고 강남 거리를 활보하는 게 최고의 낙이라고 생각했으니까 말이다. 열심히 쇼핑하고 거리를 활보해서 지금 남은 게 있나 생각해봤다. 남은 거라고는 그때 주어진 기회와 시간을 잘 활용하지 못했다는 후회다. 퀴즈 준비를 철저히 하고, 어학 스터디도 적극적으로 참여했더라면. 항상 공부하는 습관을 키웠더라면. 점점 나은 단계를 밟아 나갈 수도 있었을 텐데. 하는 아쉬움을 지울 수가 없다.

예전의 나는 외로움과 우울함이 몰려오면 뭘 했었지?

심심한데 쇼핑이나 할까. 친구한테 연락할까. 하면서 밖으로 나가 사람들을 찾아다녔다. 난 외향적이고 사교적인 편이 아닌데. 사람들 속에 있어야 외로움이 해소된다고 믿었다. 그게 최선이라고 생각했다.

두 아이의 엄마가 된 지금이 더 외롭고 우울하고 심심할 법도 한데. 오히려 재미난 것들, 하고 싶은 것들이 계속 생겨난다. 아이들과 집에서 종일 지지고 볶는 와중에도 어디선가 나의 에너지가 뿜어져 나오는 경험을 하게 될 줄은 몰랐다.

나의 일상이 집안일을 하고 아이를 돌봐야 하는 것만이 전부가 되어버릴 것 같았다. 그냥 주부, 엄마 말고 독서 하고, 글쓰기 하고, 영어 공부하는. 이라는 수식어를 붙여나가고 싶었다. 독서 하는 엄마. 글 쓰는 엄마. 영어 공부하는 엄마의 삶을 살기로 했다. 무엇을 배우고 읽어나가는 시간이 소중하고 행복했다.

세상이 급변하고 환경이 따라주지 않더라도 묵묵히 즐기면서 해야 할 일들이 필요했다. 과거를 붙잡고 후회만 하지 말고, 준비되지 않은 미래를 두려워만 말고, 현재를 즐기면서 꾸준히 해나간다면 어느새 내 삶의 큰 부분을 차지하게 될 것이다. 삶을 지탱하는 힘이 될 것이다. 나아가서는 나의 일이 될 수도 있지 않을까?

모니카 페트의 책 《행복한 청소부》에는 매일 거리의 표지판을 청소하는 아저씨가 있다. 어느 날 한 아이와 엄마의 대화를 들었다.

"엄마 저기 간판에 적힌 글자가 틀렸어요. 저 아저씨가 글자와 선을 지웠어요"
"아니야 저 글자가 맞아. 글루크는 작곡가 이름이야. 그 이름으로 거리 이름을 붙인 거란다"

아저씨는 순간 멍해졌다. 본인이 매일 닦는 간판에 적힌 유명한 사람들에 대해 아무것도 모르고 지냈구나 싶었기 때문이다. 그날 이후 아저씨는 책을 읽고 음악을 들으며 공부하기 시작했다. 청소하면서 책에서 봤던 내용을 말하기도 했고, 들었던 음악을 흥얼거렸다. 청소부 아저씨의 이야기를 듣기 위해 매일 사람들이 모였다. 대학에서 강연 제안도 들어오게 된다. 하지만 아저씨는 지금 내가 좋아하고 잘할 수 있는 일은 청소일이라고 이야기한다.
아저씨는 공부에 빠진 하루하루를 보내다 이런 말을 한다.
"좀 더 일찍 책을 읽을 걸 그랬어. 하지만 모든 것을 다 놓친 건 아니야"
아저씨의 모습을 보며 무엇이든 후회는 짧게, 실행은 빠르게 해야겠다는 마음이 들었다. 나도 예전의 나의 모습에 대해 후회를 잔뜩 쏟아내고 있었다. 후회보다는 지금 할 수 있는 일, 하고 싶은 일을 매일 해나가며 즐거움과 행복을 찾기로 했다.

드라마 〈눈이 부시게〉 속 혜자는 어느 날 영수랑 인터넷 라이브 방송을 하게 된다. 채팅창에는 참여자들이 사는 게 힘들다며 고민을 늘어놓는다. 삶에 대한 불평과 불만이 계속 올라온다. 그러자 혜자가 대답한다.

"나이가 들면, 취업 안 하고 놀아도 뭐라고 하는 사람이 없어. 그러니까 방법은 늙으면 되는 거지. 늙어서 그런 고민 없이 그냥 가만히 쉬고 싶어?"

시끄러웠던 채팅창이 순간 조용해진다.

지금, 현재를 벗어나면 모든 것이 해결될까. 아이들이 크면, 육아에서 벗어나면. 시간이 조금만 더 흐르면. 이것도 하고 저것도 할 수 있을 텐데. 생각만 가득한 날들을 보내고 있는 건 아닌지 돌아본다. 상황이 어떻든 지금을 감사하며 충실하게 살아낸다면 매일 쓰는 일기장에 반성과 자책이 줄어들 거다. 기쁨, 행복, 희망으로 점점 채워질 거다. 오늘을 사랑할 이유가 충분하다.

피곤하더라도 집밥을 하려 노력한다. 예전에는 밥을 하는 일이 귀찮고, 잘하지 못하는 것 같다는 생각 때문에 주방을 폐쇄하고 싶다는 노래를 불렀을 정도다. 요즘은 없으면 없는 대로. 한두 가지 반찬만 뚝딱 만들어서 먹는다. 여러 가지 반찬을 내놓을 때랑 가족의 반응은 똑같다. 그냥 배고플 때 주면 잘 먹는다는 사실을 알게 되었다.

내가 못하는 것에 고민하지 말자. 잘하고 있다고 스스로 격려하고 다독이면서 잘할 수 있는 것들만 바라보자.

두 아이를 등원시키고 안양천을 걷는다. 걸으면서 생각 정리도 하고 답답한 마음도 풀어낸다. 출출해질 때 즈음 국밥집으로 방향을 돌린다.

"콩나물국밥 하나 주세요"

보글보글 끓고 있는 뚝배기를 마주하고 있자니 웃음이 절로 나온다. 아무런 방해 없이 뜨끈한 국밥 한 그릇을 맛있게 먹을 거다. 천천히 음미하면서 국물까지 다 먹을 거다. 한 그릇을 비워낸다. 든든하게 채운 배만큼 힘이 솟는다.

이 기분 그대로 집에 들어가서 밥하고 청소해야지. 룰루~

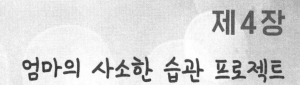

제4장
엄마의 사소한 습관 프로젝트

1. 한 권의 육아서를 만나고

'등록된 글이 없습니다'

앗. 이게 무슨 일이지. 하루가 멀다, 하고 드나드는 멘토님 블로그의 모든 글이 사라졌다. 블로그를 접기로 하신 건가. 아니면 무슨 일이라도 생긴 건가. 내가 사전 공지를 놓친 건가. 답답하고 궁금해진다. 왜 글이 없는 걸까. 이제 난 어떤 글을 읽으며 살아야 하는 걸까. 막막하다. 이럴 순 없다.

꿈이었다.

다행이다. 일어나서 스마트폰을 열어 블로그로 들어간다. 휴.

블로그는 별썽하다. 멘토님, 제발 블로그 오래오래 해 주세요. 네?

　다민이가 백일 무렵인가. 재우고 여느 때처럼 인터넷 쇼핑 중이다. 하루 만에 집 앞에 로켓처럼 배송되는 시스템은 지루하고 답답한 일상에 한 줄기 빛이었다. 외출이 자유롭지 못한 스트레스를 인터넷 쇼핑으로 풀어본다. 이것저것 장바구니에 담고 혹시나 해서 도서 카테고리를 눌러 본다. 한때는 그래도 책을 좋아했는데 출산 이후로는 책은 거들떠보지도 않고 살았다. 어머. 책도 바로 내일 받아볼 수 있구나.

　육아서 한 권 주문해봐야겠다. 뭘 읽어야 하나. 출산 전에 구매한 두꺼운 임신 출산 대백과 이후로 육아서를 읽어본 적도, 사 본 적도 없다. 맘카페를 들락날락하며 물건 소비나 했지. 제대로 육아서를 접할 생각은 해보지 않았다. 화면에 있는 책들을 쭉 둘러본다. 핑크색 표지의 책이 눈에 확 들어온다. 제목도 흥미롭다. 그래 한번 읽어보지 뭐. 주문 완료.

　책이 도착했다. 대충 훑어보니 중간중간 그림도 있고 가볍게 읽을 만한 책인 듯했다. 아무 생각 없이 첫 장부터 읽어본다. 그런데 이게 웬일. 이건 책이 아니라 나의 모습이 기록된 보고서였다. 우리 집에 cctv가 있는 건가 싶었다. 아니면 그동안 나의 삶을 누군가 훔쳐보고 있던 게 분명했다. 정확하고 날카로운 사실을 눈으로 읽으니 기분이 묘했다. 힘들고 어렵다고 외면했던 일상이 머릿속에 빠르게 스쳐 지나갔다. 읽는 내내 머리와 가슴이 쿵 울렸다.

육아서가 이렇게 재미있는 거였구나. 물건 소비에 대한 정보가 없어도 육아를 이야기할 수 있는 거구나. 아이를 어떻게 키우느냐는 엄마의 성장도 수반되어야 한다는 것이 육아의 핵심이었구나. 이런 걸 하나도 알지 못한 채 두 아이를 키우고 있는 걸까. 지금이라도 알아서 다행이라고 생각해야겠지?

책에 밑줄을 그어가며 수시로 읽었다. 다른 책들도 주문하고 아이들을 위해서도 책을 사주기 시작했다. 책을 손에 들고 있는 시간이 늘어났다. 그동안 맘카페나 TV를 찾아다니며 육아의 외로움을 해소하려 했다. 하지만 책에서 받는 위로는 결이 달랐다. 눈과 손이 책을 따라갈 때마다 가슴에서 울컥 올라오는 감정을 만났다. 지금까지 한 번도 건드려지지 않은 낯선 감정이었다. 하지만 분명 내 안에 있는, 언젠가 한 번쯤 직면해야 할 감정이었다.

얼마 전, 부모님 두 분 모두 병원에 입원하시게 된 일이 있었다. 마음이 복잡하고 불안하고 정신이 없었다. 솔직히 버거웠다. 온전히 딸 노릇을 할 수 없는 상황이 실감이 났다고나 할까. 내 부모님 일인데, 먼저 내 아이들, 내 상황부터 살피게 된다는 게 현실로 다가왔다. 이제 아무 일도 일어나지 않는 일상을 보내는 것이 감사와 소망이 되었다. 나이가 들고 아이들이 커가는 만큼 내 의지대로 할 수 있는 일이 점점 줄어든다는 현실을 인정하게 되었다.

아빠의 입원부터 수술까지 진행된 하루 동안 나를 버티게 해준 건 책이었다. 코로나로 인해 보호자는 1인 출입만이 가능했다. 수술 전 보호자 서명을 하고, 수술실 앞에서 두 시간을 대기했다. 혼자 하루를 어떻게 버텼는지 생각해보니 항상 책이 있었다. 틈틈이 책을 펼치지 않았다면 종일 우왕좌왕하며 보냈을 거다. 내 삶만 왜 이리 힘든 거냐고 불평만 잔뜩 늘어놓았을 거다.

살만해서, 여유가 있어서, 손에 책을 들고 있는 게 아니다. 여자, 딸, 엄마, 아내, 며느리가 된, 몸만 자란 어른인 나에게는 수시로 깨달음이 필요했다. 지금 정신 차려야 한다는 쓴소리가 필요했다. 잘 모른다고, 잘되지 않는다고 피하려고만 하는 소심하고 비겁한 겁쟁이에서 벗어나야 했다. 나를 움직이게 한 것이 책이었다.

책 한 권으로 모든 것이 한순간에 바뀌는 마법은 일어나지 않았다. 아직도 육아는 어렵고 힘들다. 여전히 해결되지 않고 반복되는 감정들과 매일 씨름한다. 삶의 단면만을 보며 살아왔던 시간이 길었다. 삶의 새로운 단계에서 쉽게 좌절하고 포기하기 일쑤였다. 하지만 책을 통해 다양하고 입체적인 삶을 경험할 수 있었다. 눈에 보이는 것이 전부가 아님을 알게 되었다. 시간이 걸리더라도 깊이 있게 책을 통해 인생의 변화를 만들어 가고 싶다.

2. 빼기의 기적

책을 자주 읽게 되니 자연스럽게 관심사도 달라졌다. 다독과 자기 계발을 해나가는 엄마들만 계속 보이기 시작했다. 블로그, 유튜브, 카페를 통해서 집에서도, 혼자서도 엄마가 공부하는 삶을 살 수 있다는 걸 알게 되었다. 할 수 있다는 마음이 꿈틀거렸다. 하고 싶은 것이 생기니 기대감으로 하루를 시작할 수 있었다. 더 부지런해지고 나의 성장을 위해 움직여야겠다고 다짐했다. 까딱하다가는 나만 이대로 뒤처질까 싶어서 말이다. 하루라도 빨리 이것저것 찾아보며 할 수 있는 걸 시작해봐야겠다고 생각했다.

전혀 접해보지 않았던 강연과 블로그 글은 재미있었고 흥미로웠다. 다들 이렇게 열심히 공부하며 사는구나. 나도 하루하루 꽉 채워서 최대한 많은 걸 해봐야겠다.

아이들 옆에서 틈틈이 책을 읽고 필사를 한다. 이어폰으로 강연을 들으며 집안일을 한다. 주말에는 아침 7시에 문을 여는 커피 전문점에 책을 싸 들고 갔다. 나오기 전에 남편에게 양해를 구하고, 가족이 먹을 반찬 몇 가지를 만들어 놓고 서둘러 집을 나선다. 이렇게까지 해야 하나 싶었다. 하지만 현관문을 열고 나온 순간 맛보게 된 그 기분은 완전히 다른 내가 될 수 있을 것 같은 힘을 갖게 했다.

열정을 조심하라고 했다. 열정은 빠르게 타오른 만큼 식는 속도도 빠르다고 했던가. 열정만으로 하루아침에 갑자기 공부하는 엄마가 되는 것은 불가능했다. 처음의 마음을 유지하는 것이 점점 힘들었다. 그리고 내가 부러워하는 성공한 사람들의 과정과 노력이 보이기 시작했다. 그들은 수많은 시행착오와 습관을 만들며 지금에 이르게 된 것이었다. 단순히 열정만으로 성공을 이루어낸 것이 아니었다. 열정이 성공의 열쇠가 아니라는 것을 알았다.

더하는 삶이 발전하는 지름길이라고 생각했다. 그동안 아무것도 하지 않았으니 지금이라도 보완하고 살을 붙여나가면 될 것 같았다. 하지만 난 애초에 그럴만한 그릇이 아니었다. 남들은 다 하는데 왜 난 쉽게 되는 게 없는 건지. 조급함만 늘어갔다.

하는 것, 하고 싶은 것, 해야만 하는 것들을 쭉 적어봤다. 많기도 많았다. 어느 것 하나 놓치고 싶지 않았다. 하지 않으면 불안했다. 그렇다고 제대로 해내는 건 없었다. 남들이 한다니까. 성장할 수 있다니까. 여기저기 발만 걸쳐놓고 있는 모양새였다. 어차피 다 실천하기에 역부족이고, 지키지 못했다는 무거운 마음은 하기 싫은 마음으로 이어졌다. 악순환의 연속이었다. 노선을 바꿔야 할 때가 된 거다.

이제 연초, 월초마다 하지 말아야 할 일을 적는다. 하고 싶은 일을 빼곡하게 써 내려갔던 것과 반대로 무엇을 하지 말아야 할지에 집중하기로 했다. 안 좋은 습관을 없애고 도움이 되는 습관을 만들기 위해 움직인다.

스마트폰과 TV를 보는 시간을 줄였다. 스마트폰과 TV를 줄이는 것만으로도 놀라울 만큼 시간이 확보된다. 스마트폰을 줄여야 하는 이유는 여러 책에서 이야기한다. 편리한 만큼 의존하고 있는 정도가 심각하고, 뺏기는 시간에 대해서 주의를 기울여야 한다는 내용이 반복되었다. 예를 들면 주위가 시끄럽고 마음이 혼란스러워 집중하지 못하는 것보다 스마트폰이 방해하는 영향력이 엄청나다고 한다. 집중이 요구되는 작업을 위해 커피 전문점이나 도서관을 찾는데, 중요한 것이 옆에 스마트폰이 없어야 한다는 것이다. 스마트폰만 없으면 시끄러운 곳에서도 충분히 집중하고 성과를 낼 수가 있다는 것이다.

예전엔 TV가 틀어져 있는 것만으로 마음의 위안이 되었는데, 이젠 생각이 나질 않는다. 넷플릭스에 업로드되는 드라마는 더더욱 멀리한다. 드라마를 클릭하기가 무섭다. 이걸 클릭하는 순간 그날은 종일, 아니 그날부터 며칠 동안은 드라마 몰아보기에 눈을 떼지 못할 것이 분명하니 말이다. 하지만 곧 드라마 〈슬기로운 의사 생활〉 시즌 2가 나온다. 그때 본방사수, 다시 보기, 몰아보기의 일상을 차단하기는 힘들 것 같다. 그래 〈슬기로운 의사 생활〉, 너는 내가 포기할 수가 없겠구나. 솔직히 너무나 기다려진다. 하하.

한 달에 책 몇 권 읽었는지가 성장의 척도가 아니라는 것을 깨달았다. 성장이란 미성숙한 나를 바로 세워나가는 과정이다. 읽고 끝낼 것이 아니라 책의 내용을 실천해서 내 삶이 어떻게 바뀌었는지를 점검해야 한다는 것이다. 매일 점검해야 하는 것은 이런 것들이다. 나와의 약속을 지켜가며 발전해나가기로 했다.

남편과 아이에게 부드럽고 따뜻한 말투로 대화하기.
내 감정 내가 잘 돌보기.
우선순위 정하기.
안 되는 일로 조급해하지 않기.
남과 비교하지 않기.
영화 〈흐르는 강물처럼〉의 주인공은 학교에 다니지 않고, 아버지와 매일 글쓰기를 했다. 종이 한 장에 빼곡하게 써서 아버지께 보여드리면 이렇게 말씀하신다.

"줄여. 너무 길어"

책상으로 돌아와 지우개로 지워가며 다시 쓴다.

"더 줄여"

고친다. 다시 종이를 내민다. 줄이라는 아버지의 말이 그 뒤에도 몇 번이나 이어진다.

"그래. 이제 됐다."

듣자마자 종이를 쓰레기통에 던져 버리고 동생과 밖에서 해가 질 때까지 뛰어논다. 자연 속에서 종일 뒹굴고 뛰어다니는 형제의 모습은 보는 내내 개운하고 편안했다. 영화 속 주인공은 글쓰기와 놀기만 했던 때가 균형 있는 삶이었다고 회상했다.

내가 할 수 있는 것들, 우선순위대로 하루를 성실하게 살아도 의미가 있고 훌륭한 삶이 된다. 여기저기서 들려오는 타인의 성과에 흔들리고 무너지면 나만 손해다. 무너지는 것도 다시 일어서는 것도 나 스스로 해야 할 일이다. 매일 할 수 있는 일, 중요한 일만 남기자. 《아주 작은 습관의 힘》이라는 책의 제목처럼 작은 것부터 실천하는 빈도를 늘려가자. 짊어지고 있는 고민 중에서 한두 개만 빼보자. 내려놓아도, to-do 리스트에서 몇 개를 지워도 당장 큰일이 일어나지는 않으니까 말이다.

3. 새벽 기상의 시작

알람을 끄고 자리에서 일어난다. 혹시 아이들이 깰까 싶어서 조심스럽게 방문을 닫고 나온다. 세수와 양치를 한다. 주방으로 가서 전기 포트에 물을 끓인다. 기다리는 동안 스트레칭을 한다. 컵에 찬물을 반 정도 채우고 끓은 물을 채운다. 목을 타고 넘어가는 따뜻한 물 한 잔으로 준비를 마친다. 책상에 앉는다. 감사, 확언 일기를 쓰고 모닝페이지를 쓴다.

모닝페이지는 책 《아티스트 웨이》를 통해 알게 되었다. 내 안에 잠들어있는 창조성을 찾는 방법으로 매일 새벽 모닝페이지를 3쪽씩 쓰는 것이다. 모닝페이지를 쓰는 동안 부정적인 생각들을 들여다보게 된다. 의식을 바꿔나가는 일이다.

처음에는 '눈뜨자마자 뭐 쓸 게 있다고'. '원래 이런 건 생각을 정리하고 나서 써야 하지 않을까.' 의심부터 했다. 일단 손으로 쓴다. 어느새 한 페이지를 뚝딱 채웠다. 며칠 내내 같은 내용을 쓸 때도 있었다. 쓰다 보면 감정이 격해지기도 하고 잊고 있던 기억이 갑자기 튀어나오기도 했다. 쓴다고 해서 문제가 완전히 사라지지는 않았다. 다만 무거운 감정을 밑으로 가라앉히는 연습을 할 수 있었다. 해결되지 않은 문제를 붙들고 현재를 낭비하지 않게 되었다.

모닝페이지 쓸 시간에 차라리 영어 공부를 하거나 눈에 보이는 성과를 만드는 것이 낫지 않겠냐는 마음의 소리가 들리기도 했다. 백날 써봤자 뭐하겠냐고. 차라리 블로그나 인스타에 글을 올리는 건 어떨까 싶기도 했다. 하지만 그것보다 날 것, 기본적인 것이 필요했다. 복잡하고 지친 머리와 마음을 돌아보고 싶었다. 온전히 나를 만날 수 있는 시간, 새벽을 선택한 것이다.

전업주부가 되고 나니 혼자서 해결해야 하는 것들이 늘어났다. 고민을 들어줄 사람을 원할 때 만나기란 어려웠다. 사람은 나이가 들수록 각자의 인생의 문제를 더 무겁고 심각하게 느낀다. 내 이야기를 있는 그대로 들어주는 사람보다 충고나 조언을 해주는 쪽이 더 많다는 것을 알게 되었다. 감정이 해결되기는커녕 오히려 마음의 짐이 늘어나는 것 같았다. 그때 모닝페이지를 쓰게 된 것이다. 감사일기와 확언도 쓰면서 내 마음에 귀를 기울이기 시작했다. 단단한 마음으로 하루를 보내기 위한 밑 작업해야 하는 시간이 새벽이었다.

덜컹!

고개를 돌리니 그녀가 걸어온다. 오늘이 그날이로구나. 다민이가 나의 고요한 시간에 기꺼이 동참하는 날. 아이를 안아주고 옆에 앉힌다. 다민이는 엄마가 뭐 하는지 지켜보다가 색연필을 들고 그림을 그린다. 아이가 나를 방해하지는 않았지만, 옆에 누군가와 같이 있는 새벽 시간은 완전히 다르다.

처음엔 화가 났다. 혼자 있고 싶어서 기를 쓰고 새벽에 일어났는데 뜻대로 되는 게 없구나 싶었다. 어느 날은 방에서 울면서 엄마를 부르기도 했다. 쓰다 만 모닝페이지 노트를 들고 후다닥 방으로 들어간다. 우는 아이 옆에 쭈그리고 앉는다. 토닥토닥 등을 두드려준다. 남은 한 손으로 마저 쓰기도 했다. 리듬이 깨진 탓에 감정이 흐트러진다. 내 시간을 방해받고 있다는 생각에만 집중하기 시작한다. 새벽 시간이 홀랑 날아갔다.

다민이가 아니어도 새벽 시간이 무의미하게 지나가는 날이 있다. 스마트폰을 들고 유튜브에 들어가기라도 하면, 다음은 안 봐도 뻔하다. 몇 년 전 컴컴한 거실에서 늦은 밤 TV를 끼고 있던 그 모습이다. 중요한 건 욕구보다 필요다. 필요한 일을 먼저 하는 것이 새벽 기상의 의미를 제대로 지키는 거다. 유튜브 말고 차라리 두 발 쭉 뻗고 잠을 더 자는 것이 낫지 않을까.

직장인이었을 때 일 년 정도 영어 학원에 등록해서 아침 수업을 들었다. 새벽 5시에 일어나 준비를 하고 6시에 집을 나선다. 그 시간, 지하철을 기다리는 사람들의 줄을 보고 깜짝 놀랐다. 부지런히 하루를 시작하는 사람들이 많구나. 라고 생각하며 매일 아침 동기부여가 되었다. 7시 수업을 듣고 8시에 끝나면 9시 출근을 했다. 퇴근하고 아무것도 하지 않으면 직장인의 삶만 있다는 사실이 마음에 걸렸다. 학원에 다니고 나서부터는 퇴근하고 아무것도 하지 않아도 마음이 편했다.

아이를 재우고 달래느라 사투를 벌이던 새벽이 있었다. 그날도 아이를 재우고 잠시 소파에 앉아 있었다.

비가 많이 내리는 새벽이었다. 창을 두드리는 빗소리만 들린다. 가만히 앉아 빗소리를 들었던 적이 언제였을까. 눈에 보이는 수첩을 들고 왔다. 날짜를 썼다. 무언가를 쓴다는 것 자체가 오랜만이었다. 몇 줄 되지 않는 글이었지만 나의 감정과 하루를 읽어보니 나도 꽤 바쁘게 시간을 보내고 있었다. 글 속에 내가 보였다. 다음날도 쓰고 싶었다. 감정을 기록해둔다는 것. 내 마음을 알아가는 일이었다.

몇 년 전에 썼던 다이어리를 꺼냈다. 날짜별로 쓰여있는 일정들은 전부 아이들 내용이다. 병원, 구강검진, 백일 촬영. 지금은 내가 들어야 할 강의, 책, 영화 리스트와 기억해 둬야 할 내용이

적혀있다. 나의 일정을 덧붙일 수 있는 이유는 새벽 기상을 시작했기 때문이 아닐까. 육아와 집안일도 중요한 의무다. 하지만 조금만 시간을 만들어내면 나를 위한 에너지를 경험할 수 있었다. 그 기쁨은 육아와 집안일에서 찾기란 어려운 것이었다.

새벽에 일어나지 않으면 아이들 소리가 들릴 때까지 이불 속에 있다. 눈뜨자마자 아이들 챙기고 집안일로 하루를 시작하게 된다. 반복된 패턴에서 벗어나기 위해 새벽 기상을 선택했다. 혼자 생각하는 시간이 반드시 새벽이어야 하는 이유가 있었다. 새벽은 내 의지대로 시간을 쓸 수 있었으니까. 어떠한 변수가 생길 확률이 낮으니까. 매일 어떤 일들이 끊임없이 일어난다. 감정에 휘둘리고 소모하느라 나를 돌보는 일이 밀리고 밀리는 날이 많아졌다.

전업주부는 하루 중 온전히 나만을 위해 보낼 수 있는 시간이 반드시 있어야 한다. 꼭 새벽이 아니더라도 상관없다. 나와 교감하는 시간. 내 감정에 귀를 기울일 수 있는 시간을 통해 비워내고 채워야 한다. 가족, 친구, 외부 상황에서 떨어져 나만 바라볼 수 있는 시간이 있어야 한다.

새벽 기상을 하는 것은 나를 사랑하는 방법으로 이어진다. 나만의 그 시간을 사수하기 위해 자연스레 전날부터 멘탈과 체력을 관리하게 된다. 새벽에 잘 일어나는 방법은 밤에 일찍 자면 되는 것이다. 누워서 스마트폰 들여다보지 말고 바로 잠들면 된다.

머릿속 잡념을 지우면 된다. 선순환을 이어가기 위해 의식적으로
노력하는 일상을 보낼 수 있게 되었다.

4. 새벽 걷기의 놀라운 비밀

아이들의 등원이 끝나면 곧장 집과 반대 방향으로 몸을 돌린다. 마음이 바뀔 수도 있으니 망설이지 말고 우선 몸을 돌려야 한다. 걸으면서도 눕고 싶다, 집에 가고 싶다, 내일부터 할까, 오늘만 쉴까. 하는 생각들이 머릿속에 가득 찬다. 그러다 갑자기 무념무상이 된다. 그때가 생각을 모을 수 있는 타이밍이다. 걸으면서 고민을 직면하기로 한다. 어떤 날은 답을 얻기도 하고, 어떤 날은 힌트조차 얻지 못한다. 그래도 걷는 시간을 통해 얻는 것이 더 많다. 몸을 움직이며 생각하는 시간은 일상의 활력이 된다. 집에서 스마트폰 들여다보며 검색하는 것 말고 밖으로 나와 걷고 사색하며 고민을 풀어가는 방법을 선택했다. 문제들의 개수가 하나둘씩 줄어들고 있음을 알게 된다.

걷다 보면 두 다리의 묵직함이 느껴진다. 반면에 머리와 마음속은 가볍다. 달콤한 피로감을 안고 집으로 돌아온다. 걷는다는 것은 단조롭고 지루한 움직임일 수 있다. 걷는 시간이 쌓여갈수록 매일, 반복, 단조로움. 이런 단어들과 친해지게 되었다. 저런 단어들과는 상반된 삶을 살았던 나였다. 걷기를 통해 어떤 일에 성급하게 반응하는 것을 줄여나갔다. 결과보다 과정을 중요하게 생각하게 되었다.

새벽에 집을 나선다는 건 나에겐 두려움을 걷어내는 일이었다. 1층 공동 현관이 열리는 순간부터 두려움은 시작된다. 센서 등이 켜질 때 내 그림자에 놀라기도 했다. 혹시 뒤에 누가 따라오지는 않을까 무서웠다. 하지만 새벽에 나서는 횟수가 늘어나면서 두려움이 사라졌다. 알지 못했던 새벽 풍경이 눈에 들어오기 시작했다.

건널목에 회색 봉고차가 비상등을 깜빡인 채 서 있다. 건너가도 괜찮을까. 혹시 주변에 지나가는 사람은 없나. 다시 집에 들어갈까. 신호를 기다리는 동안 온갖 생각들이 머릿속을 스친다. 아저씨 두 분이 가방을 메고 급히 달려오는 게 보인다. 일용직으로 일을 하러 가시는 분들이었다. 길을 건너서 걷다 보니 다른 곳에서도 가방을 메고 봉고차를 기다리는 아저씨를 볼 수 있었다.

마트 앞을 청소해주시는 여사님도 만날 수 있었다. 오픈 시간 한참 전인 새벽에 나오시는 줄은 몰랐다. 마트 앞에 쌓여있는 상자와 쓰레기를 치우며 분주하게 움직이고 계셨다.

새벽 배송을 위해 주차된 트럭들이 보인다. 비상등을 켜고 정차해있는 일반 차량도 꽤 많은 편이었다. 요즘에는 개인 차량으로도 배송 아르바이트한다고 들었는데, 직접 보니 실감이 났다. 그분들 덕분에 아침부터 필요한 물건이 집 앞까지 배송된다. 편리함에 의존하는 일이 많아지겠구나 싶었다.

앞서가는 한 여자분이 자꾸 뒤를 돌아보며 걸어간다. 무슨 일인가 궁금했다. 가까이 가보니 노령 애완견을 데리고 산책을 나오신 거였다. 잘 걷지 못하고 삐쩍 말라 있었다. 아마도 사람들이 뜸한 새벽 시간에 더 걷게 하려는 주인분의 마음이 아니었을까 하는 생각이 들었다. 그들이 함께하는 새벽이 오래 이어지길.

6시가 다 되어가는 시간. 아파트 단지에 들어서면 경비원분들이 근무를 교대하시고 계신다. 오늘 근무자분께서 퇴근하시는 분의 차가 빠져나갈 때까지 지켜보고 계신다. 두 분이 서로 수고와 감사를 나누는 게 아닐까 싶었다. 오늘은 감사하는 마음을 꾹꾹 담아 인사를 잘해야겠다는 생각을 하며 집으로 온다.

새벽 걷기를 시작한 지 며칠 지나지 않았을 때 일이다. 핸드폰이 울린다. 남편의 전화다.

"다민이 깼어. 엄마 찾고 난리야"

"알겠어. 들어갈게"

몇 분 채우지도 못하고 짧게 걷고 들어오는 날들이 이어졌다. 포기하고 싶은 생각은 들지 않았다. 다민이가 깨면 유모차에라도 실어(?)서 나와야겠다 싶었다. 다행히 유모차를 끌고 걷는 일은 일어나지 않았다. 다민이가 깨는 바람에 새벽잠을 설친 남편에게는 미안했다. 며칠을 지내니 아이가 우는 일은 줄어들었다. 서로의 페이스가 맞춰지기 시작했다.

새벽, 안양천은 멀리 보이는 건물 불빛들. 도로 위 자동차들의 헤드라이트, 조깅 하는 사람들. 맨손 체조에 열중하시는 할아버지, 속도를 즐기는 자전거들의 행렬이 조화를 이룬다. 모두 아침을 향해 새벽을 통과하는 중이었다.

남편이 출근하지 않는 주말은 여유롭게 걸었다. 평소보다 더 걷고 7시 오픈 시간에 맞춰 빵집에 간다. 빵과 커피를 사서 들어오는 날은 며칠 간의 부지런함을 보상받는 기분이다. 잠깐 쉴까 하다가도 이어폰으로 들리는 음악이 환상적이면 멈추지 않고 쭉 걷는다. 그 기분을 유지하고 싶어서.

새벽 걷기는 내가 주체적으로 할 수 있는 일이 없다는 좌절감을 덜어내는 데 도움이 되었다.

'그래, 새벽에 일어났으니 밖으로 나가보자. 경험해보지 않은 새로운 일에 도전해보자. 이것부터 매일 실천하면 내가 원하는 걸 알 수 있을 거야'라는 마음의 소리를 들었다.

막상 해보니 두려운 일이 아니었다. 무슨 일이든 해보기 전에 걱정과 두려움을 내려놓아야 한다는 걸 깨달았다. 어떤 환경에서든 일단 버티고 나아가는 것. 걷기부터 제대로 훈련하면 나약한 마음이 단단해지지 않을까 하는 긍정적인 신호가 보였다.

멀리 있는 걸 잡으려 하지 말고, 매일 현관문을 열고 나서는 순간을 잡자. 밖으로 나가서 직접 나의 동선을 만들고 나만의 생각을 만들자.

'나는 힘들수록 주저앉거나 눕기보다는 일단 일어나려 애쓴다. 몸과 마음이 완전히 고갈되었다는 느낌이 들 때 오히려 운동화를 신고 밖으로 나간다. 팔과 다리를 힘차게 흔들면서 온몸에 먼지처럼 달라붙은 귀찮음을 탁탁 털어내 본다. 그렇게 걷다 보면 녹슬어서 삐걱거리던 몸과 마음에 윤기가 돈다.'

하정우, 책《걷는 사람》중에서

5. 능력보다 끈기

"블로그에 글을 쓰는 목표나 꿈이 있어?"

남편이 묻는다. 블로그 세계의 놀라운 속도감을 신기해하며 떠드는 중이었다. 블로그에 들어가면 이웃분들의 눈부신 성과를 자주 접한다. 자신을 마케팅하고 프로젝트를 꾸려가는 활약이 멋지다. 여러 가지 일을 해내는 모습을 보며 능력자들이 이렇게나 많구나 싶었다. 그런 글을 읽으면 자극이 된다. 나도 뭐라도 이뤄내야 하는 건가 싶었다. 나의 능력이 아직 부족하다는 것을 잘 알고 있다. 대신 지금 당장 할 수 있는 것에 집중하기로 마음을 굳혔다. 남편에게 대답했다.

"음..시간이 흘렀을 때 말이야. '어? 바로나 이 사람. 아직도 블로그에 끄적끄적 쓰고 있네?', '아직도 여기서 버티는 중이네?' 이런 말을 듣는 게 꿈이야."

끈기 있는 사람이 되기로 했다. 끈기와는 거리가 먼 사람인 내가 이런 결심을 하다니. 버틴다는 것은 아마 이런 일들을 겪게 되는 것이 아닐까. 내 옆에서 화려하게 피는 꽃을 바라보며 초라함을 느끼는 일. 아무리 두드려도 열리지 않는 철문 앞을 매일 왔다 갔다 하는 일. 이거 왜 하냐고. 누군가 찬물을 끼얹더라도 모른 척하고 넘겨야 하는 일들 말이다. 써놓고 보니 만만치 않겠다 싶다. 지금 아니면 평생 끈기와는 담쌓고 지낼지도 모른다. 부족해서 잘못 살아왔다는 걸 알았다는 게 어디인가. 이런 깨달음을 얻게 될 거라고 생각 못 했다.

고 3 수험생 시절. 책상 앞에 앉으면 왜 그리 잠이 쏟아졌는지 모르겠다. 머리 감고 앉는 게 아니었는데. 머리 감고 오면 더 졸리던데. 졸리면 일어나서 스트레칭을 하거나, 나가서 찬물 세수를 해야 하는 거였다. 하지만 그대로 책상에 엎드린다. 얼마나 지났을까. 문 열리는 소리에 고개를 든다. 엄마다.

"자는 거야?"

"아니야. 안 잤어"

"눈이 시뻘건데?"

"……"

"차라리 그냥 자"

"내가 알아서 해."

알아서 했을까. 아니. 졸리면 능률이 떨어진다는 핑계를 대며 그냥 편하게 누워서 푹 잤다. 그때로 순간이동이 가능한 마법이 일어난다면. 당장 일어나서 정신 차리라고 혼쭐을 내주고 싶다. 과거의 나를 미워하는 것으로는 해결되지 않았다. 후회를 발판으로 삼으면 어떨까. 오직 현재의 내가 성장할 수 있는 것에 초점을 맞추는 거다. 필요한 건 끈기였다.

머리가 좋지 않다. 그렇기에 남들보다 몇 배의 노력이 필요한 사람이라는 것도 안다. 짧은 시간에 무엇을 이루기 위한 뚜렷한 목표나 방향성이 잡혀있지도 않았다. 욕심도 없다. 그걸 찾는 건 스스로 해내야 하는 일이었다. 어디 가서 돈을 내고 덥석 배워서 올 수 있는 것이 아니라는 것도 알고 있다. 설사 돈을 들여 빠른 기간에 성과를 이루었다고 치자. 그 속은 텅 비어있을 확률이 높지 않을까. 진정한 내 것으로 만들기 위해서는 진지하고 일관된 마음의 태도가 필요하다고 생각한다. 포기하지 않고 매일 실행하며 성취감을 쌓는 삶을 살기로 다짐했다. 성실하게 성취해나가면 어느 상황에서든 떳떳할 수 있으니까. 어디 한 구석 켕기는 마음 없이 매일매일 산뜻하게 살 수 있으니까.

전업주부의 삶이 나에게 끊임없이 보낸 메시지가 있다.

'나답게 살고 싶다는 것'.

전업주부는 하기 싫은 일을 하지 않을 권리보다 해야만 하는 의무감이 컸다. 하고 싶은 일을 할 권리를 늘려가야만 했다. 외부에서 핑계를 찾지 않기로 했다. 작정하면 안 될 것도 없지 않을까 싶었다. 보고자 하면 다 볼 수 있고, 하고자 하면 다 할 수 있다.

끈기를 장착하기 위해서는 마인드 컨트롤이 중요하다. 모든 일의 밑바탕은 마음을 다스리는 것에서 출발하는 것이니 말이다. 하루 건너뛰어도 큰일이 일어나지 않는다는 사실을 받아들이기. 지금 하는 일에 인내하며 집중하기, 주기적으로 불필요한 습관들 정리하기. 내면과 주변을 정돈하는 일이 평정심을 유지하도록 도와준다. 평정심을 갖는 것만이 끈기 있는 사람이 될 수 있는 밑바탕이 된다. 평온하게 하루를 보낸다는 것은 불가능에 가깝다. 쉽지 않기에 그냥 하던 대로 지내고 싶은 마음과 충돌이 일어난다. 달라지기를 결심한 이상 고통도 가르침으로 받아들이기로 했다.

얼마 전 남편과 새 식탁을 조립했다. 집에 전동 드라이버가 없는 탓에 일반 드라이버로 나사들을 조였다. 옆에서 나도 몇 개 조립을 해봤다. 한쪽 면에 나사를 넣고 돌릴 때 다른 쪽이 엇나가지 않도록 꽉 힘을 주고 있어야 했다. 몇 개 하지 않았는데도 금세 땀이 난다. 남편은 내가 조립한 부분을 다시 조였다. 시간이 지나면 다시 풀리기 때문에 처음에 꽉 조여야 한다고 했다. 완성된 식탁을 보니 뿌듯했다.

나사를 보며 삶을 만드는 태도와 비슷하다는 생각을 했다.

'이렇게 단단하게 조여도 시간이 지나면 풀리는구나. 그래서 삐걱거릴 때 얼른 나사를 다시 조여야 하는 거였어. 꼭 삶과 닮아 있는 것 같아.'

끈기 있게 살기로 했다고 해서 매일, 모든 일을 독하게 인내하며 살지는 않는다. 자주 삐걱거리고 풀리기도 한다. 헐거워진 마음 그대로 며칠을 방황하기도 한다. 다만 포기하고 싶은 마음이 생길 때 조절할 수 있게 되었다. '아! 오늘은 실패했네. 어쩔 수 없지. 내일은 꼭 포기하지 말고 실천하자'라는 격려로 나를 다시 세운다. 오늘 실패한 것에만 신경을 쓰면 내일까지 그 여파가 이어진다. 감정이라는 것이 내가 선택한 대로 나를 지배하니까 말이다. 훌훌 털어내고 일어서는 훈련을 해나가면 된다. 풀린 나사를 그대로 두지 말고 다시 조이고 일어서면 된다는 걸 알게 되었다.

6. 비교 상대는 어제의 나

서점을 좋아한다. 대형서점, 동네서점, 중고서점 어디든지 상관없다. 들어서는 순간 가슴이 뛴다. 신간, 베스트 셀러 코너에서 눈길이 멈춘다. 다양한 책들이 쏟아져 나오는구나. 직접 나와보니 분위기부터 다르다. 다 읽어보고 싶다. 하루에 아무 걱정 없이 책 한 권을 사고, 맛있는 커피 한 잔 마실 수 있을 만큼의 경제적 자유를 이루었으면 좋겠다. 다리가 아프다. 두 시간이 훌쩍 지났다. 메모해 온 책 말고 끌리는 책을 사서 서점을 나온다. 돌아오는 길에 SNS를 열어본다. 오늘도 책 인증 사진이 쏟아진다. 독서 기록, 책으로 높은 탑을 만든 사진들. 책 이야기로 가득하다. 국민의 독서량이 줄어들고 있다는 기사 내용은 여기서는 해당 없음이다. 여기저기서 너도나도 책으로 '나 이렇게 잘 사는 중이다,' 라고 말하는 듯했다. 그러다 나를 닦달하기 시작한다.

'우와. 읽어야 할 책이 이렇게나 많다고?'
'저 사람은 저런 책도 읽었네. 어떻게 알았지?'
'아니. 이런 책들은 언제 나온거야?'
'나도 읽어야 하는데..저 사람들은 언제 이런 걸 다 읽고 기록까지 했을까?'

이대로는 안 되겠다. 사람들이 말하는 책이 도대체 무엇인지 검색해 봐야겠다. 역시나 읽지도 않을 책을 찾아보느라 괜히 시간만 죽인다. 책으로 모든 걸 해결할 수 없다는 걸 잘 안다. 어느새 눈빛은 조급함과 욕심이 가득 차 있다. 지금 읽고 있는 책이라도 제대로 읽을 생각은 하지 못한 채 말이다. 폭풍 검색을 하고 결국 몇 권을 주문한다. 막상 내 손에 들어오면 책을 펼치기보다는 우선 책장 행이다. 남들 따라서 급하게 산 책은 확실히 손이 잘 안 간다. 오늘 몇 장을 읽었느냐보다 무슨 내용을 얻었는지에 집중하자. 남들이 좋다고 하는 책보다 나에게 필요한 책을 고르는 안목을 기르는 것에 집중하자. 여기저기 기웃거릴 시간에 옆에 있는 책부터 읽자. 나만의 속도를 유지하며 독서를 포기하지 않는 것이 의미 있는 삶이다. 속독이 아니면 어떤가. 느리더라도 활자 속을 이리저리 여행한다는 기분으로 독서 자체를 즐기는 기쁨이 더 값지다.

육아 역시 비교에서 벗어나기 힘든 전쟁터다. 전업주부의 스마트폰이 바쁘게 울릴 일이 뭐가 있겠나. 알람 소리에 습관적으로 스마트폰을 든다. 나를 찾는 곳의 정체는 바로. 공동구매, 특가 알림이었다. 그냥 지나칠 수가 없었다. 판도라 상자를 열었다.

세상에! 이렇게나 많은 공(동)구(매)가 있다니!!!

두 눈을 번쩍 뜨이게 하는 매력적인 가격과 구성이다.

'그래. 난 오늘 하루를 합리적이고 지혜로운 쇼핑을 한다.'

기대감을 가득 안고 본격적으로 모니터 앞에 자리를 잡는다.

'이거 안 그래도 아이들에게 필요했는데. 오늘 딱이네'

'어머어머! 이런 책도 있네? 왜 난 여태 몰랐지?'

구매해야 하는 이유는 얼마든지 있었다.

어쩜 이리도 내가 원하는 것들로만 오늘 공구를 진행하는 건지. 하마터면 놓칠뻔했다. 휴. 여기 있는 엄마들은 다양한 책들을 다 사서 읽고 그러는 걸까. 부지런히 아이들 책을 사다 날라주는 엄마들이 많았구나. 나도 유행에 민감한 엄마가 되어야겠는걸?

정작 책 구매는 뒷전이다. 엄마들이 올려놓은 (광고가 대부분이겠지만) 육아 정보들을 클릭해가며 남들 물건 산 이야기에 빠져들고 있었다. 그러다 깨닫는다. 나름 절제하며 주관을 갖고 아이의 책을 사고 있다고 생각했다. 한 번씩 공구의 늪에 발을 들여놓는 순간 정신 못 차리고 있는 나를 만나게 된다.

공구 결제 창을 닫는다. 이참에 카페 탈퇴하기를 누른다. 그 카페에서 관심 있는 정보는 그저 얼마나 싸게 파냐. 같은 가격에 책 몇 권을 더 끼워주느냐였다. 사지도 않을 거면서. 잘 알지도 못하면서 남들과 비교나 하는 한심한 모습이 싫었다. 이제 아이들은 어떤 책이 갖고 싶은지 이야기를 한다. 화면 속 남들 다 읽힌다는 책들 말고, 아이들과 서점에 가서 찾아보고 구매하기로 했다. 주기적으로 중고서점에 가서 상태 좋은 책을 업어오는 일이 일상의 루틴으로 자리 잡고 있다.

광고 속 화려한 새 책들에서 눈을 돌려 우리 집 책장을 점검해보기로 했다. 아이의 손이 덜 가는 책은 잘 보이는 곳에 옮긴다. 추억이 담긴 책들을 꺼내 아이와 같이 읽으며 시간 여행을 떠나볼 수 있다. 아이가 좋아하는 책이 어떤 건지 같이 이야기해보고 실질적으로 필요한 책을 구매하는 것이 나에게 더 맞는 방식이었다.

공동구매도 분명 장점이 많다. 하지만 알람이 울릴 때마다 습관적으로 반응하고, 구매의 목적은 잊은 채 쓸데없는 시간 죽이기를 하는 나를 바꾸기 위해서는 하지 않는 편을 선택했다. 얕은 정보만 검색하고 있는 행동을 벗어나기로 했다.

나의 원동력은 무엇일까. 어디에서 동기부여를 얻을까. 책, 강연, SNS에 올라오는 화려한 성공. 모두 나에게는 자극이 된다. 감사일기 쓰기 시작하면서 현재의 나를 똑바로 볼 수 있게 되었다. 오늘의 행동이 미래에 얼마나 영향을 끼치는지를 말이다. 모든 일이 내 뜻대로 이루어지지 않는다고 해서 좌절하지 않기로 했다. 남들과 비교하며 자발적으로 불행을 선택하지 않기로 했다. 적어도 어제보다 오늘, 오늘보다 내일은 더 잘 살고 싶어졌으니까.

같은 패턴을 유지하는 일상이 지루한 게 아님을 알고 있다. 순간의 감정으로 모든 일을 결정하는 것을 경계하기로 했다. 앞으로 통과할 긴 터널이 기다리고 있다. 견디고 뚫어야 할 힘을 기르기 위해서는 스스로 믿는 것이 중요하다. 오늘부터 잘 살고 행복을 꿈꾸자.

오늘 내 삶의 주파수는 '현재'이다.

7. 자기 계발 하기 좋은 시대

육아에 지친 나는 어디로 사라져 버리고 싶다는 생각을 자주 했다. 아무에게도 알리지 않은 채 떠날 수 있는 자유를 원했다. 구체적으로 상상하는 것으로 잠시 현재를 벗어나기도 했다. 얼룩진 감정을 세탁해나갔다. 하지만 늘 마주하는 현실은 끝이 보이지 않을 것 같았다. 어떤 희망도 보이지 않았다. 그러던 내가 마흔이 되어서 성장을 꿈꾸게 될 줄 누가 알았을까. 집에서도 얼마든지 강의를 듣고 책을 읽으며 공부할 수 있는 세상이 되었다. 나의 미래를 조금 더 확실하게 설계하는 시간을 늘려가고 있다. 매일 다양한 콘텐츠가 쏟아지는 온라인의 세계는 매력적이다. 매일 집구석에서 도를 닦는 심정으로 육아 경험치를 쌓고 있는 나에게는 생명수다.

코로나로 인해 아이들의 가정 보육 기간도 늘어갔다. 더욱 나만의 시간과 공간 사수에 불을 켜지 않을 수 없게 되었다. 틈만 나면 한쪽에 이어폰을 꽂고 나만의 세계로 들어가 버린다. 이어폰을 꽂으면 집안일을 할 때도 생산적인 일을 하고 있다는 기분이 들었다. 아이들과 일대일 대화에서 벗어나 나도 왠지 사회적 언어를 구사하는 듯했다. 한쪽 이어폰으로 반쪽짜리 자유를 경험하는 셈이다. 그 시간만큼은 주변 사람들로부터 분리되니까. 내가 무얼 듣고 보는지 공개되지 않으니까. 그것만으로도 나는 독립된 세계에 들어와 있다.

무선 이어폰 사랑에 빠진 증거는 이랬다. 이어폰을 꽂은 채로 아이 유치원에 갔다가 선생님과 한참 이야기를 하고 돌아온 날도 있다. 집에서는 귀에 꽂은 것도 잊고 이어폰 찾는다고 온 집안을 뒤집어 본 적도 있다.

주말 어느 날, 남편이 아이들을 데리고 나갔다. 가장 편한 자세로 의자에 앉는다. 한쪽이 아닌 양쪽에 이어폰을 꽂는다. 취향껏 음악을 고르고 듣는다. 이어폰을 양쪽에 꽂으니 균형감도 느껴지고 훨씬 듣기 편하다. 혼자 있는데 굳이 이어폰이 필요하냐고 물으신다면. 할 말이 많다. 혼자 있어도 더 혼자 있고 싶었다. 외로움. 고독함. 이런 감정을 제대로 이해하고 싶었다. 나부터 올바르게 독립적으로 살아가는 방법을 배워나가기로 했다. 정호승 시인의 《인간은 외로운 존재이다》라는 시가 떠오른다. 외로움의 본질을 이해하지 않으면 삶이 고통스럽다고 하지 않았던가. 그래 나는 지금 외로움을 배우며 내 삶을 이해해야 하는 거다.

엄마라는 존재는 나를 제대로 알고 싶다, 나를 사랑해주고 싶다.라는 마음에 반응하면 안 되는 줄 알았다. 나라는 사람은 내려놓고, 타인의 욕구에 집중하니 자꾸만 내가 사라졌다. 내 목소리를 내는 것이 힘들었다. 가만히 있는 것이 다수가 편한 일이라며 스스로 주문을 걸고 있었다.

드라마 〈응답하라 1988〉에서 정봉이 엄마인 미란은 그날 역시 혼자만 분주한 아침을 보내고 있다. 설거지, 빨래, 연탄 갈기, 전화 받기까지. 미란을 제외한 세 식구는 어쩜 천하태평인지. 화면 속 그들과 지금 내 옆에 있는 이들과 겹치는 상황에 소름이 끼칠 지경이다. 그러던 미란에게 급히 친정에 가야 할 일이 생겼다. 급하면 어서 가셔야지. 이럴 때 왜 우리의 엄마들은 한 번씩 망설이는지. 속상하다.

미란은 가족을 집합시킨다. 연탄 가는 방법, 냉장고 속 반찬 종류, 서랍 속 속옷, 양말의 위치에 대한 프레젠테이션을 끝내고 나서야 집을 나선다. 가족은 난리가 났다. 엄마의 잔소리가 없는 자유를 누리느라. 예상보다 일찍 집에 도착한다는 미란의 전화를 받는다. 일사불란하게 움직이는 3인조. 어질러진 집안을 빛의 속도로 치워나간다. 집은 반짝반짝하게 미란의 손길이 닿은 상태로 돌아왔다. 하지만 집안을 둘러보던 미란의 표정이 좋지 않다. 이유는 본인이 없어도 남편과 아들들이 잘 지내고 있어서. 이제 내 손길이 필요 없는 건지 싶어서였다.

미란의 감정선에 도저히 공감할 수가 없었다. 알아서 착착 집안일을 해놓으면 좋을 것 같은데. 내 시간이 늘어나는 거니까 말이다. 아니 어쩌면 미란은 나와는 결이 다른 사랑이 가득한 엄마일 수도 있겠다.

엄마가 되고 나니 늘 주는 것에 익숙했다. 내가 바라는 것, 원하는 것에 대한 욕구가 바닥을 드러내고 있음을 알지 못했다. 밥 줘라. 사랑 줘라. 딸 노릇. 며느리 노릇을 보여줘라. 내 안에서 끌어내야 하는 것을 마구 퍼냈다. 어느 날 텅 빈 마음의 곳간을 발견했다. 비로소 채워야 할 것에 마음이 향하기 시작했다. 누군가에게 주기 위해 채우는 것이 아니다. 진정한 나의 행복을 위해 채우는 일을 게을리하지 않기로 했다. 돌파구를 만들지 않으면 버틸 수가 없는 게 육아이고 인생 아닌가.

전업주부인 내가 자기 계발을 통해 구체적으로 어떤 성과가 있었는지 쭉 나열했다면 이 글이 더 주목을 받을까. 빠른 결과를 보여야만 성공한 것이라 말하는 세상에서 나는 조금 다른 면을 이야기하고 싶다. 자기 계발을 하는 것은 내 의지대로 마음의 스위치를 여닫는 능력을 기르는 것이라고 말이다. 중요한 내 시간을 지키고, 타인을 위한 시간도 조금씩 기쁘게 내어줄 수 있게 되었다. 균형을 잡아가는 중이다. 나의 성장만을 위해 보내는 시간을 반드시 만들어보자고 말하고 싶다. 혼자서도 충분히 시작할 수 있다. 하나씩 시작해보면 또 하고 싶은 다른 것이 생기는 경험을 맛보라고 권하고 싶다.

아무것도 하지 않아도 전업주부이고, 공부하며 지내도 전업주부라는 물리적 사실은 변하지 않는다. 그렇다면 화학적 변화를 이루는 건 어떨까. 내가 가진 재료(시간, 의지, 목표)를 집안일과 육아에만 쓰지 말고, 진정한 나의 성장을 위해서도 써보자.

현명하게 요리조리 잘 조합해보면 우리에게 불가능이란 없을 테니까^^

8. 사서 고생이라는 말

싫증이 났다. 독서와 걷기는 물론 새벽 기상과 운동까지도, 갑자기 하기 싫어졌다. 기상 알람도 꺼버렸다. 무력함은 강했다. 만사 귀찮아졌다. 이유를 알 수 없었다. 늦잠이 독서를 지루하게 만든 건지, 책을 읽지 않아 늦잠 버릇이 생긴 건지, 걷지 않아 잠이 많아진 건지, 잠을 많이 자서 걷기가 싫어진 건지. 중요한 것은, 하나를 놓았더니 모두를 놓고 싶어졌다는 사실이다.

새벽 기상을 하지 않으니 자꾸 밤에 깨어 있게 된다. 저녁부터 초조해지기 시작했다. 귀찮음과 무기력이 판을 치는 와중에도 할 일 하지 않았다는 죄책감은 남아있었다. 책 몇 장은 읽어야 하지 않을까. 하며 책을 붙잡고 앉는다. 그것도 쉽지 않다. 그냥 읽으면 되는데 생각은 나를 가만두지 않는다. '이거 읽고 자면 내일 새벽 기상은 또 물 건너갈 텐데'라는 생각에 갈팡질팡한다. 그래서 그날 밤 책을 읽었는지, 그대로 책을 덮어두고 일찍 잤는지 기억은 나질 않는다. 다만 그런 패턴으로 며칠을 방황했다는 기억뿐이다.

블로그에 새벽 기상에 관한 글을 올렸다. 댓글이 달렸다 '추운데 이불 속에서 이 시간에 일어나시다니 대단하시네요', '일찍 일어나면 낮에는 안 피곤하세요'와 같은 말이었다. 새벽 걷기에 관한 글을 올렸다. '그 시간에 어두운데 괜찮나요.' 괜히 그런 말들을 신경 쓴다. 일일이 설명을 해야 하는 건가 싶었다. 나를 위해 하는 것뿐인데. 그런 말들이 계속 머릿속에 맴돌면서 괜히 사서 고생하는 건가 싶었다. '하던 대로 지내면 되지.' '굳이 피곤하게 이럴 필요까지 있을까.' 하는 생각이 들었다. 그래서 진짜 일찍 일어난 어느 날은 일부러 어제와 비슷한 시간에 기상 인증을 하기도 했다. 왜 그렇게 외부의 소리에 귀를 기울였을까. 무엇이 두려웠을까. 애초에 루틴 지키기를 실천하기로 한 이유도 쓸데없는 감정 소모를 줄이기 위해 선택했었다는 걸 잊고 있었다.

무력함은 주기적으로 찾아온다. 항상 잠복하고 있다가 조그만 틈이 보이면 바로 고개를 든다. 이런 상황이 반복되니 어느 정도는 감지할 수 있게 되었다. 조금만 느슨해질라치면 어김없이 나타난다는 것을 말이다. 뾰족한 수는 없다. 받아들이는 수밖에. '아. 이 감정 또 며칠 가겠군'. 하면서 느긋하게 받아들이는 것이 오히려 시간을 단축할 수 있다. 분명 나에게 주는 메시지가 있으리라 믿으면서 인내 해보는 거다. 도망치려고만 하지 말고 그대로 받아들이는 연습이 필요했다. 직접 겪어내고, 원인을 찾아야겠다고 말이다. 어차피 반복될 감정이라면 질질 끌지 말고 부딪혀보는 것도 나쁘지 않을 듯했다.

푹 잤는데도 잠으로 해결되지 않는 피곤이 느껴질 때가 있다. 그럴 땐 일상을 돌아볼 필요가 있다. 아이들 등원을 마치고 온라인 강의 시간이 얼마 남지 않았다는 핑계로 걷기를 하지 않기로 했다. 시간이 애매하면 되는 시간만큼만 걸으면 되는데. 걷지 말고 '집에 가서 청소기나 돌리자' 하면서 그냥 왔다. 하지만 결국 청소도 안 했고, 강의 시간 전까지 시간 죽이기를 하며 보냈다. 2시간의 강의가 끝났다. 점심을 먹고 나니 피곤하다. 머릿속에선 지금이라도 나가라고 신호를 보내고 있다. 무거운 몸이 그 신호를 이길 것만 같았다. 도저히 안 되겠다 싶어서 밖으로 나왔다. 오전에 못 걸었으니 아이들 오기 전에라도 걸어야 했다. 생각 정리를 꼭 해야 했다.

나오니 좋다. 바람은 차가웠지만, 햇살은 눈이 부셨다. 방 안에서 풀리지 않는 피로를 끌어안고 있던 시간을 보상받기 위해서라도 더 부지런히 걸었다. 구름 한 점 없는 파란 하늘을 보며 눈의 피로를 씻어낸다. 집에 와서 당근, 브로콜리, 양배추를 삶았다. 거기에 바나나, 사과를 넣어 스무디를 만들어 마셨다. 해독주스를 마시며 몸을 정화하는 시간을 갖는다.

가벼워진 마음으로 다시 집을 나선다. 아이들 하원하고 놀이터까지 다녀왔다. 집에 와서 부지런히 씻기고 저녁 먹이고 치웠다. '아. 피곤하다'. 하지만 낮에 느낀 피곤과는 다르다. 매일 피곤이 쌓이는 것을 막을 순 없다. 수시로 풀어나가는 수밖에 없다. 걷고, 몸에 좋은 먹거리를 찾아 먹고, 나를 행복하게 하는 것들로 일상을 채우면 되지 않을까. 몸과 마음에 짐이었던 며칠간의 피곤이었다. 덜어낼 수 있어서 한결 가볍다. 이제 푹 잘 자고, 다시 새벽을 만나는 일만 남았다.

운전자가 해야 할 중요한 일 중 하나가 엔진 오일 교체이다. 자동차의 일정 주행 거리를 체크 하고 힘 좋은 엔진 오일로 바꿔줘야 한다. 정비소에 간 김에 전반적인 점검도 하고 온다. 점검을 마친 차의 엔진 소리에서 힘이 느껴진다. 자동차도 주기적으로 점검이 필요한데 정작 나는 제대로 점검하면서 살고 있는지 싶었다. 무기력함이 느껴지면 그대로 주저앉기보다 힘을 낼 수 있는 강력한 나만의 엔진 오일을 찾아서 부어주기로 했다.

가까이에는 감사하게도 '엄마 잘한다.' '아내 믿는다.'라고 응원해주는 가족이 있다. 모든 것이 나 혼자 잘 살기 위함이 아니라는 걸 기억해야겠다. 큰 벼슬하는 것처럼 행동하지 말아야지. 지금은 결과물도 없고 실력도 없다는 게 사실인 것을!!. 스스로 정한 루틴을 띄엄띄엄하면서, 잘되지 않는다고 불평하고 있지 말자. 안 좋은 기운이 가족에게까지 영향을 미치니까 말이다.

아이들 때문에 하지 못하는 것들이 많다고 불평하고 원망했던 시간이 있었다. 길고 깊었다. 오랫동안 허우적거리며 눈물 콧물 쏟아냈다. 요즘은 달라지기 위해 노력 중이다. 누군가의 눈에는 사서 고생이라고 보여도 상관없다. 노트북 앞에서 뚱땅거리고 있으면 아이들이 엄마 일하고 있다고 한다. 그 말을 들으면 진짜 내가 뭐라고 된 것처럼 기분이 좋다. 그 한마디에 매일 혼자 뜬구름 잡고 있다고 의심했던 마음이 사라진다. 아이들의 응원이 내 마음속에 별처럼 들어와서 콕 박힌다. 그 응원은 이렇게 말하는 듯하다.

'엄마!
엄마도 엄마의 삶을 찾아서 더 행복해져요.
그래야 그 행복이 우리에게도 찾아와요!'

제5장
엄마의 시간은 살아서 움직인다

1. 허투루 보내는 시간을 줄이다

"엄마! 오늘 인형들 세탁기에 목욕시킨다고 하지 않았어?"
"색칠공부 종이는 왜 안 뽑아줬어?"

잠들기 전, 채민이가 묻는다.

"미안. 내일은 꼭 약속 지킬게. 오늘은 얼른 자자"

갑자기 억울하다.
"그런데 채민! 엄마가 깜빡할 수도 있지. 나도 바빴어!!" 라고 말하고 싶었다. 하지만 못했다. 깜빡한 건 사실이지만, 바빴던 건 아니었으니까.

인정한다. 바쁘지 않다. 하지만 시간이 부족하다. 희한한 일이다.

아이들 하원 시간이 다가오면 불안해진다. '나 오늘 뭐 했지'라며 하루를 돌아본다. 뭐 없다. 놀이터에 있는 내내 찜찜한 마음이다. 이따 들어가면 주방에서 또 한참을 보내겠지. 속상하다. 똑똑하지 못하게 왜 내 시간도 제대로 못 쓰는 건지. 아무것도 하지 않아 몸은 피곤하지 않다. 하지만 이 마음이란 놈이 물먹은 솜이다. 이 기분으로 애들한테 화풀이나 안 하면 다행이었다. 내일도 이렇다면 나라는 사람, 답 없다. 정신 차리자.

가정 보육 일수가 늘어나긴 했지만, 장점도 있었다. 아이들과 책 보는 시간이 여유롭다는 것. 여유롭다고 생각하니 불안감이 없었다. 평소에는 아이들 책 읽을 시간이 부족했다. 등원 전에 한두 권씩이라도 읽어주려고 했다. 그마저도 못하는 경우도 많았다. 평소에는 하원하고 바깥 놀이하고 오니 책이 우선순위에서 밀리기도 한다. 가정 보육하면서 독서 시간 확보 외에 다른 건 욕심 내지 않기로 했다. 두 아이의 질문과 호기심이 점점 다양해진다. 궁금증을 1차로 해소해주길 바라는 사람이 엄마다. 아이들과 더더욱 책으로 연결하는 삶을 살기로 했다. 책을 읽고 이야기하는 시간은 사랑이다.

삶을 단순하게 만들기까지 시간이 걸린다. 좋은 습관에 익숙해지기 위해 이것저것 해보면 알게 된다. 하루를 망치는 습관이 곳곳에 숨어 있었다는 것을 말이다. 욕심을 내려놓자. 중요한 것만 남겨보자. 완벽한 사람이 되려고 하는 건 아니니까. 시간이 바쳐준다 해도 내 의지가 따라오지 않는다. 되는대로 시간을 보내는 습관만 바꿔도 좋겠다 싶었다. 안 해봤던 걸 하려고 하니 몸에서부터 반응이 온다. 괜히 졸린 것 같다. 어디가 아픈 것 같다. 새고 있는 시간의 구멍을 메워나가야만 했다.

영어 스터디를 하고 있다. 영화 대사를 하루에 3문장씩 일주일에 15문장을 암기하는 방식이다. 수개월을 유지해 온 비결이 있다. 영어에 소질이 있어서가 아니다. 특히 말하기는 해본 경험이 없다. 자리 잡고 앉아서 공부하지 않아도 된다는 장점 때문이다. 걸을 때나 놀이터 보초 설 때 이만한 것도 없었다. 영화 속 문장을 따라서 읽으니 점점 입에 붙는 재미도 있다. 일주일 동안 외운 분량을 전화로 확인받는다. 목표 완료했다는 뿌듯함은 덤이다. 자투리 시간에도 충분히 할 수 있었다. 하루에 3문장! 부담 없다.

하루에 얼마나 많은 일을 해냈는지가 시간 관리의 성공일까. 그것보다 일정한 속도로 내가 정한 동선을 따라가는 게 훨씬 의미가 있다고 생각하게 되었다. 아이들 등원 길에 나도 가방을 메고 같이 나간다. 전업주부는 집이 아니면 어디든 좋다. 나만의 시간을 찾기 위해서는 공간의 변화도 있어야 한다고 생각한다. 아무래도 집에서는 오롯이 '나 탐구 생활'을 하기가 어렵다. 집에서 나와서 자꾸 이리저리 돌아 다녀보자. 어떤 날은 실컷 걷기만 해도 마음이 벅차오르기도 한다. 거창하지 않아도 된다. 전업주부도 매일 집 안에 있을 때와 밖에 있을 때 달라지는 에너지를 꼭 느껴봤으면 한다.

내년에는 채민이가 초등학교에 입학한다. 아마 난 여전히 전업주부이겠지만. 그땐 나의 에너지를 지금처럼 쓰기는 어려울 듯하다. 앞으로 더 그렇지 않을까. 이런 생각만으로도 지금 순간이 얼마나 소중한지 깨닫게 된다. 아이들이 한 살이라도 어릴 때 저축을 열심히 하라는 말처럼. 저축과 더불어 습관 만들기도 지금이어야 하는 이유가 여기에 있다. 앞으로 닥칠 삶은 난이도 상일 것이다. 의지와는 전혀 상관없는 일들이 계속 펼쳐질 수도 있겠다. 커가는 아이들, 사회에서 멀어질 남편 앞에서 나의 역할이 어떻게 달라질지도 모르는 일이다. 그런 상황 앞에서 아무것도 아닌 내가 되기는 싫다.

답답하고 막막할 때가 있다. 그럴 땐 다음 단계를 그려보는 건 어떨까. 지금이 아니면 안 된다는 절실함, 절박감은 행동의 원동력이 되어주기 때문이다. 주어진 시간의 틈새를 찾아다닌다. 어떻게든 내가 하고 싶은 것을 했다는 것으로 숨통이 트인다. 그것뿐이다. 완벽 말고 하나라도 한다. 아무것도 하지 않는 것이 더 최악이지 않을까. 때로는 비장하게. 이기적이라는 소리를 듣더라도 멈추지 말자.

시간이 부족하다. 가진 건 또 시간이다. 실력은 없고 여건이 안 된다. 하지만 시간은 있다. 결론은 시간이 없다는 말은 핑계에 불과하다는 것이다. 오늘이라는 주어진 시간을 나에게 맞춰 잘 쓰는 수밖에 없다.

2. 적정거리 유지하기

　인사만 하는 사이. 아이의 안부를 주고받는 사이. 아이가 뭐 배우는지 정보를 교환하는 사이. 딱 거기까지다. 이렇게 지내도 딱히 나쁠 건 없었다. 앞으로도 크게 달라지진 않겠지. 지금의 거리가 좋다. 아이 친구 엄마와 나와의 사이.

　채민이가 3살 무렵이었다. 거실에서 창문을 보며 놀고 있다. 조그맣고 하얀 손가락을 바삐 움직이며 창밖을 가리킨다. 보이는 풍경이 재미있는지 한참을 본다. 나도 같이 봐야겠다.

　"저기 초록색 나무 보이지? 나무!"

"나무"

"누가 지나가네? 경비 아저씨야. 아저씨!"

"아저씨"

창밖을 보다가 어느 한 곳에 시선이 멈춘다. 아이와 엄마의 무리가 지나간다. 다들 모여서 재밌게 놀다가 들어가는 길인가보다. 서로 친해 보인다. 엄마 덕분에 저 아이들은 친구들도 많이 알고 좋겠다. 난 채민이랑 둘이서만 시간을 보내는데. 아이를 위해서라도 매일 놀이터에 나가서 눈도장을 찍어야 하는 건가. 문화센터라도 가서 엄마들을 사귀고 해야 하는 건가. 또 시작이다. 불안함과 초조함에 어쩔 줄 모르는 모습이란.

문화센터에 등록했다. 아이의 오감 발달을 위한 프로그램이라길래 솔깃했다. 하지만 오감은커녕 채민이를 잡으러 다니느라 진을 다 뺐다. '장난감 입에 넣지 마라', '가만히 앉아 있어라' 잔소리하느라 정신없었다. 도저히 옆에 앉은 엄마는 눈에 들어오지 않았다. 수업 전후에 말을 걸 용기도 나질 않았다. 난 여길 왜 오는 건가 싶었다.

집을 나서기까지 준비 시간은 또 어떤가. 수업 시간을 맞추려면 아이의 돌발 상황까지 고려해서 준비해야 한다. 겨우 준비를 마치고 나서려면 꼭 한 가지씩 빼먹는 건 기본이었다. 문화센터에 도착할 때쯤 잠든 적도 있었다. 수업이 있는 날에는 오전 잠을 일부러 재우려고도 했다. 안 자려는 아이를 억지로 재우는 것만큼 괴로운 일도 없는데 말이다.

40분짜리 수업 들으려고 뭐 하는 건가 싶었다. 말도 제대로 못하는 아이가 진심으로 이걸 재밌어하는지 알 길이 없었다. 뭘 배웠는지 기억도 안 났다. 무엇보다 나에게 맞지 않았다. 문화센터 수업을 들으러 나가면 코에 바람이라도 쐴 기대가 와르르 무너졌다. 아이가 징징거리지 않을 때 동네 산책하는 게 훨씬 좋았다.

채민이가 어린이집을 다니기 시작하니 놀이터에서 보내는 시간이 늘었다. 자연스레 아이 친구 엄마를 매일 보게 되었다. 하지만 내 성격이 문제인가. 친해지기가 힘들었다. 다들 언니! 언니! 하면서 말도 편하게 하던데 말이지. 엄마들이랑 같이 벤치에 앉아 있는 시간보다 둘째 잡으러 다니는 시간이 더 길었다. 거기에 두 아이는 그네, 미끄럼틀 말고 개미랑 공 벌레를 찾느라 정신없었다. 모래 위에 나뭇가지로 그림 그리는 걸 더 좋아했다. 그래서 더 아이들 옆에 있어야 했다. 다른 아이들까지 몰려든다. 묻는 말에 몇 번 대꾸해주니 신나서 계속 질문을 퍼붓는 아이들이다. 내 애는 물론 남의 애까지 봐야 하는 상황이 펼쳐진다. 벤치에 앉는 건 꿈도 못 꾸게 되었다.

한참 두 아이가 그네에 빠져든 적이 있었다. 우리 아파트 놀이터에는 그네가 없다. 그래서 그네가 있는 다른 단지에 가서 보내는 시간이 길었다. 실컷 그네를 타고 들어오는 길. 아파트 놀이터에 앉아 있는 아이 친구 엄마들이 보인다. 어디 다녀오냐고 묻는 그들에게 그네 타러 갔다 온다고 했다. 그 이후부터 우리는 그네 타러 1단지에 가는 무리가 되었다나 뭐라나.

낯을 가리는 성격 탓만 했다. 하지만 아이들만 바라보며 지냈더니 무리에 들어갈 기회가 없었다. 두 가지를 동시에 할 만한 요령이 부족한 탓도 있겠다. 한편으로는 애써 들어가고 싶지도 않았다. 처음엔 불안했다. 요즘 아이들이 뭐 배우는지. 어린이집에서는 어떤 이슈가 있는지 다 알고 있어야 하는 건가 했다. 여력이 없었다. 거기까지 내 에너지가 닿지 않았다. 두 아이 뒤치다꺼리하다 보면 집에 가서 쉬고 싶다는 생각뿐이었으니까.

다민이가 어린이집에 다니기 시작하면서부터 마음의 여유가 생겼다. 여유란 도대체 언제쯤 생기나 했다. 생각보다 빨리 찾아온 여유가 실감 나지 않았다. 시간이 해결해주는 문제도 있구나 싶었다. 신기하게도 다민이 친구들은 대부분 둘째였다. 그래서였을까. 엄마들과 함께 하는 자리가 크게 불편하지 않았다.

채민이 때와는 확실히 다른 분위기였다. 나의 마음이 바뀐 것도 있지 않을까. 아이가 자란 만큼 엄마인 나도 조금은 성장했을 테니까. 그때보다 남들 시선을 신경 쓰지 않게 되었을지도 모른다. 엄마들과 그저 아이들 노는 것만 보고 있어도 어색하거나 불안하지 않았다. 요즘은 가끔 아이 친구 엄마들과 산책도 하고 커피를 마시기도 한다. 어렵고 불편했던 감정들이 조금씩 엷어지는 중이다.

전업주부는 특히 외로움에 취약하다. 좁은 동선에서 마주치게 되는 사람도 정해져 있으니까 말이다. 그래서 매일 보는 아이 친구 엄마들과 무리를 이루게 되는 건 본능일 수도 있다. 함께 어려움을 털어놓으며 위로를 주고받는 것만큼 힘이 되는 것도 없을 거다. 하지만 나처럼 처음부터 무리에 들어가지 못해 고민하는 이들이 오랫동안 그 문제를 안고 가지 않았으면 좋겠다. 살짝 눈을 돌려 옆에 있는 내 아이만 바라봐도 된다. 시간도 흐르고 여유도 찾아온다.

육아서 한 권만 읽어도 고민에 대한 답 하나는 찾을 수 있다. 사람과 친해지는 게 당장 힘들다면 잠시 거리를 두어도 괜찮다. 대신 책과의 거리를 좁혀보는 건 어떨까.

3. 살아있음 느끼기

"나 백만 원만 줘"

작년 여름. 남편이 연구 수당을 받는다고 했다. 그러면서 갖고 싶은 게 있냐고 물었다. 나의 물욕이 사라진 지 오래라는 걸 알고 묻는 거겠지. 평소에도 월급 외에 소득은 웬만하면 건드리지 않았다. 우선 우리가 목표한 돈을 모으는 것에 집중하기로 했기 때문이다. 하지만 그때의 난 달랐다. 마침 '듣고 싶은 강의 앞에서 가계부를 떠올리는 일이 없었으면 좋겠다'라고 자주 생각했던 시기였다.

남편에게 백만 원만 달라고 했다. 내 통장에 넣어놓고 듣고 싶은 강의나 책을 사고 싶다고 했다. 남편은 흔쾌히 오케이 했다. 지금 생각해도 그는 멋진 남자다!! 그걸로 강의를 듣고, 글쓰기 모임 회비도 내고, 영어 스터디도 했다. 커피 사 먹고 싶거나 인터넷 쇼핑을 하고 싶을 때 몇 번씩 참고 대신 그 돈을 모아놓기도 했다. 빠듯한 살림에서 피 같은 나의 종잣돈이 생긴 거다.

블로그와 브런치에 글을 쓰면서 내 글이 객관적으로 괜찮은지 늘 궁금했다. 글쓰기 모임은 매일 쓰는 습관을 기르기에 잘 맞았다. 하지만 제대로 쓰고 있는 건지 아무도 알려주진 않았다. 알 길이 없었다.

어느 날, 책 쓰기 강의를 들어보고 싶다는 마음이 생겼다. 책 쓰기 강의를 하는 곳이 많았다. 수업료도 천차만별이었다. 예상은 했지만 대부분 비쌌다. 종잣돈으로는 무리였다. 포기하고 싶지는 않았다. 수업료는 둘째치고 어떤 강의를 들을지부터 결정하기로 했다. 촉을 세워서 진짜 강의를 찾아야만 했다. 그래야만 본전 생각이 안 날 테니 말이다.

결정했다. 남편에게 솔직히 말하기로 했다. 왜 이 강의가 듣고 싶은지에 대해서. 그리고 내가 가진 돈이 이만큼인데 모자란 상황이라고 이야기했다. 놀라운 사실 하나. 남편은 작년에 본인이 나에게 백만 원을 준 것도 까맣게 잊고 있었다. '괜히 말했네. 종잣돈.' 속이 쓰렸다. 이 글을 쓰는 지금도 쓰리긴 하다.

남편은 이번에도 흔쾌히 오케이 해줬다. 지금 생각해도 그는 멋진 남자다!!! 남은 종잣돈과 나머지를 더해 강의료를 결제했다. 종잣돈은 0원이 되었다. 돈은 없지만 설렘은 있었다. 가슴이 뛰었다. 다시 시작하는 기분이었다.

처음 강의를 듣는 날은 가슴이 뛰다 못해 터질 것 같았다. 역시 배움이란 이런 거구나. 끝없이 나 자신을 겸손하게 만드는 것은 배움밖에 없다는 말이 맞았다. 나를 위해서라도 남편에게 부끄럽지 않기 위해서라도 꾸준히 강의를 들어야겠다고 다짐했다. 이런 게 바로 살아 있음을 느끼는 순간이 아닐까.

두 아이를 아기 띠에 넣고 유모차에 싣고 다니던 시절에는 시간이 죽어라, 안 갔다. 다시 돌아가라고 한다면 솔직히 자신 없다. 물론 그때의 시기가 있었기에 지금의 내가 있는 건 맞다. 출산과 육아는 '0'과 '1'로만 설명할 수 있는 일이었다. 경험을 해보거나, 아예 해보지 않거나. 막상 경험을 해보면 생각보다 힘들고 괴로운 일이 더 많다는 걸 알게 된다. 부족한 모성애를 끌어와야 하고, 없는 사랑을 아이가 원할 때마다 보여줘야 했다. 그게 뭐가 어렵냐고. 엄마라면 당연히 해야 하는 거 아니냐고. 그런 말이 얼마나 아픈 이야기인지 알게 되었다. 모성애와 사랑이 누구나 갖고 태어나는 것이 아니라니까요!

그때의 나를 봐서라도 지금 더 열심히 제대로 살아야 한다. 아무것도 없는 삶이 얼마나 무섭고 스스로 나약하게 하는지 이미 겪어봤지 않은가. 모성애와 사랑을 채우는 방법은 내 시간을 제대로 쓰는 일이라는 것을 알았다. 나부터 채워야 한다. 내가 올바로 서 있어야 나에게 매달려있는 아이들도 올바르게 산다. 내 시간이 살아 있어야 그 속에서 아이들이 산다.

당연한 건 없다. 모든 일에는 과정이 있고 시간이 걸린다. 견디고 겪어봐야 알 수 있는 것이 진짜라고 생각한다. 쉽게 얻을 수 있다고 생각하는 것은 위험하다. 아이를 키우는 일도, 나 자신을 키우는 일도 어느 하나 소홀히 하고 싶지는 않다. 이왕 해야 하는 거라면 확실하게 하고 싶다.

길에서 아기 띠를 하고 다니는 엄마들을 보면 코끝이 찡하다. 아무것도 없던 그때의 내가 보여서 말이다. 그때는 지금이 그저 그림의 떡이었다. 어쨌든 뚫고 지나왔다. 아무도 알아주지 않아도 상관없다. 남들 다 애 키우는데 유난 떨지 말라고 해도 이제는 조금만 상처받을 자신 있다. 무엇보다 내 시간에 하고 싶은 것들이 하나둘씩 늘어가고 있다는 비밀이 있어서 행복하다.

직접 해보지 않은 사람은 절대 모를 전업주부의 삶을 다 새겨 놓고 잊지 않을 거다. 훗날 지금을 돌아봤을 때 어떤 마음이 들까. 지금 머릿속에 떠오르는 그림의 떡을 그땐 손에 쥐고 있을까. 궁금하고 기대된다. 내 미래^^

4. 엄마의 자존감 수업

고백한다. 육아로 인해 자존감이 떨어진 게 아님을. 전업주부라서 나 자신을 잃은 게 아니라는 사실을 말이다. 이전에도 나의 자존감은 바닥이었다. 학창 시절, 직장 생활에서도 나 자신을 믿고 앞으로 나아가지 못했다. 엄마가 되어 비로소 나를 찾는 일에 관심 두기 시작했다. 더불어 내면을 들여다보는 연습도 하는 중이다. 늦은 건 아닌가 생각했다. 지금이라도 해야 했다. 앞으로는 지난 시간보다는 덜 힘들길 바라면서.

육아가 잘 안 될 땐 물건부터 샀다. 아이의 기분을 살펴볼 생각은 하지 못했다. 광고에 속아 저 물건만 있으면 불편함이 해결될 거라 믿었다. 지나가는 아이를 보면 어떤 옷을 입고 신발은 뭘 신었는지부터 봤다. 내 품에 안긴 아이를 있는 그대로 보지 못했다. 내 아이 자체가 보석임을 잊었다. 비싸고 좋은 옷을 입히고 신발을 신기고 나가야 아이 잘 키우는 엄마라고 인정받을 줄 알았다. 아이에게 다정한 눈 맞춤을 해도 모자랄 시간에 맘카페에 올라오는 할인 정보를 찾아다녔다. 아까 밖에서 봤던 옷이랑 신발을 사야 하니 말이다. 다른 아이들이 입는 옷을 내 아이도 입혔다는 안도감이 있었다. 남들이랑 똑같이 맞춰가는 것에 길들여가고 있었다. 술술 나간 돈과 시간이 아쉽다. 아깝다.

기분이 가라앉으면 TV를 켜거나 유튜브를 봤다. 화면을 보고 웃고 있는 내가 방금까지 우울하다고 한 사람 맞나 싶었다. 내 기분이 전환되는 거라고 착각했다. 순간만 넘기면 된다고 생각했으니까. 똑같은 문제는 반복되었다. 원인을 찾는 게 먼저였다. 왜 기분이 안 좋은지는 생각하지 않고 지금 상황만 탓했다.

확언을 쓴다. 내가 원하는 삶을 그려본다. 막연하지만 꿈꾸는 건 자유니까. 누구에게 보여 줄 일도 없으니 주저하지 않고 썼다. 내 안에서 꿈틀거리는 것이 많다는 걸 알게 되었다. 되고 싶은 나의 모습이 쌓여갔다. 어느 순간 멈춰서 생각해봤다. 이런 것들이 다 이루어지는 삶이 과연 행복할까. 바라는 것을 이루기 위한 노력은 제대로 하는 건지 점검이 필요했다. 진심으로 하고 싶은 일인지, 남들 하는 게 좋아 보이는 건지, 끝까지 해낼 수 있는 건지,

한 번씩 브레이크 걸어 볼 필요가 있었다.

겸손하게 살아야겠다. 안 되는 걸 욕심내지 말자고 늘 생각한다. 다 할 수 있다는 마음은 일시적이니까. 한계를 인정하게 되었다고 할까. 그래야 정작 욕심내야 하는 일 앞에서 포기하지 않을 수 있다. 책을 쓴다는 목표를 세웠다. 일정 분량을 매일 쓰기 위해 노트북 앞에 앉았다. 쓰는 시간이 항상 순조롭지는 않았다. 하기 싫고 생각이 막히고 가슴이 답답하고 온몸이 뒤틀렸다. 오로지 나 자신과의 약속이었다. 여기서 쓰지 않는다고 해도 뭐라고 할 사람은 없었다. 하지만 그게 기준이 되어버리면 될 일도 안 된다는 걸 이미 숱하게 겪었다. 그래서 나는 써야 했다. 어떤 마음으로?

놀이터에서 아이들 보초를 서고 있으면 노트북 앞에서 괴로워하던 그 시간은 천국이었다는 걸 저절로 깨닫게 된다. 오로지 그 생각만으로 버텼다. 하기 싫지만 그래도 글을 쓰는 것은 온전히 나를 쏟아붓는 일이다. 그런 일 하나쯤은 나에게도 있어야 살 맛이 나지 않을까. 오늘 분량을 쓰지 않고 아이들을 데리러 가면 난 진짜 아무것도 안 한 사람이다!! 라고 최면을 걸었다. 나를 위한 중요한 일은 꼭 해내고야 말겠다는 의지를 다져나갔다.

완벽하지 않은 나를 받아들이게 되었다. 마흔이 넘어도 항상 두려움이 앞서고, 실수가 잦다. 불완전하고 불안한 나를 인정하기 시작했다. 그랬더니 내 아이가 매일 실수하고 넘어지는 것에도 조금씩 너그러워졌다. 갑자기 열이 나는 것, 넘어지는 것, 방금 알려준 건데 바로 대답 못 하는 것, 이런 상황에서 늘 기다려주지 못하는 엄마였다. 지금도 완벽하지는 않다. 하지만 이제는 아이들 앞에서 여유로운 모습을 보이려고 노력한다. 천천히 해도 괜찮다고 나와 아이에게 수시로 말해주려고 한다.

잘 나이 들고 싶다. 나이 들어서도 무언가를 계속해 나가는 사람이면 좋겠다. 나이가 들었다고 모든 걸 다 안다는 자만심에 빠지지 않는 노인이 되면 멋질 듯하다.

단지에서 마주칠 때마다 아이들과 내가 흙, 나뭇가지를 갖고 노는 건 못마땅해하는 할머니가 있다. 어느 날 결국 한마디를 하신다.

"이거 다 돈 내고 만든 건데. 다 망가뜨리면 어쩌냐?"
"저희가 망가뜨린 거 없는데요. 다 놀고 정리하고 들어가요"
"정리는 뭘 정리를 해. 여기서 이제 놀지 마"

아이들도 있는데 일방적으로 이야기하는 모습이 썩 좋지 않아 보였다.

"그럼 할머니는 여기서 담배 피우지 마세요"

물론 속으로 말했다. 그날 할머니 한 마디 때문에 기분을 망쳤다. 대수롭지 않은 사람이라면 한 귀로 듣고 흘리는 것도 필요하다고 본다. 상대방 말에 수긍한다는 것이 아니다. 애초에 말이 통하지 않는 사람이랑 길게 이야기해봤자 좋을 게 없다는 거다. 괜한 에너지 낭비하지 않기로 했다. 대신 정말 말해야 할 때는 정확하고 단호하게 짧게 말하고 싶다. 꼭 그런 사람이 되고 싶다.

매일 조금씩 나를 바꿔나기로 했다. 나에게 관심과 사랑을 주면 즉각적으로 행복해질 수 있다는 걸 알았다. 행복해지고 싶으면 당장 내가 좋아하는 한 가지를 하자. 나 자신과의 약속도 잘 지키기로 했다. 타인 앞에서만 잘하는 척하는 사람이 아닌 나에게 부끄럽지 않은 사람이 되기로 했다. 오늘도 이만큼 단단해졌다. 뿌듯하다.

5. 엄마의 그릇

"다민이 자고 있으니까, 빨리 가자"
"다민이 깰 수도 있으니까, 가자. 빨리 와"

 채민이는 언니가 된 동시에 엄마에게 '빨리'라는 말을 자주 듣게 되었다. 태어난 지 한 달도 안 된 아기를 데리고 나가는 것이 익숙하지 않았다. 그래서 선택한 건 빨리 데려다주고 오기였다. 현관문을 닫는 순간부터 다민이가 깨지는 않을지 걱정되기 시작했다. 채민이 손은 잡고 있었지만, 신경은 온통 다민이에게 가 있었다. 엘리베이터는 왜 자꾸 내가 타려고 할 때만 오래 걸리는지.

9층까지 걸어 올라갈 수도 없고. 어디선가 다민이 울음소리가 들리는 듯해서 발만 동동 굴렀다.

다민이 열이 계속 오른다. 해열제도 소용없다. 점점 축 처지는 아이를 보니 겁이 났다. 아기 띠를 하고 채민이 손을 잡았다. 택시를 부르고 아파트 앞에서 기다린다. 평소에는 3분이면 오는 택시가 10분이 지나도 오지를 않는다. 호출이 취소됐다. 퇴근 시간이라 배차가 어렵다는 이유였다. 버스를 탔다. 그 와중에 버스를 타서 신난다는 채민. 그래. 보채지만 말고 잘 따라 다녀주라, 라는 마음뿐이었다.

진료를 받고 돌아오는 택시 안. 손으로는 칭얼거리는 다민이를 달래고 눈은 채민이를 보고 있다. 내 마음 둘 곳은 없다. 누가 나도 좀 달래주고 쳐다봐줬으면 좋겠다. 집에 들어가기 싫다. 그냥 지금처럼 아무것도 하지 않는 시간이면 좋겠다.

두 아이가 크면 데리고 다니는 것이 수월할까 싶었다. 육아에서 그런 건 사치다. 헛된 바램일 뿐이다. 뭔가 바라면 꼭 반대의 상황이 펼쳐지는 게 육아다. 하지만 나도 사람인지라 혹시. 어쩌면. 오늘은. 이라는 기대를 하지 않을 수가 없다.

어느 일요일. 버스랑 지하철 타고 싶다고 말하는 두 아이를 데리고 나왔다. 멀리는 못 가고, 버스 3개 정거장, 지하철 1개 구간으로 이어지는 우리만의 코스로 향한다. 가는 길은 멀고도 험하다. 눈에 보이는 모든 것들이 궁금해서 난리다. 도착한 공원에서 아이들은 무엇을 하는가 하면. 집 앞 놀이터에서 하는 거랑 똑같다. 돌 줍고, 모래 파고. 여기가 거기인지 그때가 지금인지 잠시 헷갈리기도 했다. 이왕 여기까지 왔으니 잘 놀다 가면 되는 거지 뭐.

집에 돌아갈 시간. 주머니에 손을 넣었는데 잡히는 게 없다. 교통카드가 없어졌다. 아이들 손을 놓고 가방, 주머니를 샅샅이 뒤진다. 없다. 카드사 분실신고를 한다. 비밀번호 1회 오류다. 틀리면 바로 아웃이었다. 신고 접수 불가란다. 어쩌지. '하 괜히 나와서 이게 뭐야 진짜.' '이 감정이 화풀이로만 이어지지 말아라'하고 간절히 바라고 있었다. 인내심의 한계가 느껴질 때쯤 채민이가 말했다.

"나 엄마 카드 떨어뜨리는 거 봤는데."
"뭐? 어디서?"
"아까 엄마가 손 씻으면서 흘렸어."
"진짜야?"

제발 거기 있어라, 있어라, 하면서 화장실로 갔다. 있다. 세면대 앞 바닥에서 빛나고 있는 카드. 엄마의 난리를 지켜보고 있던 첫째는 어떤 마음이었을까. 이것이 육아의 본질일까. 오늘도 그냥 넘어가는 건 없구나. 어쨌든 답을 알려준 채민이에게 감사하고 또 감사하기로 했다. 징징거리지 않고 언니랑 엄마를 잘 따라다닌 다민이도 그 자체로 감사다. 나란 사람. 냉탕과 온탕을 여러 번 들락날락하고 나서야 겨우 감사를 깨닫는다.

명상을 시작했다. 명상 앱을 켜고 고요함 속에 빠져든다. 10분의 시간이 주는 힘은 크다. 숨을 천천히 들이쉬고 내뱉는다. 어느 날은 숨을 들이쉬고 내뱉는 것만 하는 날도 있다. 아무것도 하지 않아도 된다는 가이드를 따라 한다. 명상은 무조건 무념무상이 되어야 한다고 생각했다. 하지만 생각이 떠오르는 게 당연한 거라고 했다. 내가 지금 이런 생각을 하고 있구나, 라고 깨닫는 것이 더 중요하다고 한다. 매일 조금씩 평온의 길목으로 들어가는 기분이다.

신문 기사에서 리더에게 필요한 덕목으로 평정심을 다룬 것을 봤다. 전체를 보며 다양한 상황을 분석하기 위해서는 평정심만큼 중요한 것도 없다는 이야기였다. 동의한다. 회사를 이끌어가는 사람이야말로 반드시 그런 마음으로 모든 일을 품을 줄 알아야 하지 않을까. 나도 가정을 경영해야 하는 임무가 있다. 육아도 살림도 매일 뒤죽박죽, 엉망진창이 끊이지 않는다. 그래서 평온함을 찾아야 하는지도 모르겠다. 모든 일을 넓은 마음으로 받아들일 수 있도록 말이다.

다민이를 낳고 입원한 이틀을 제외하고 7살 채민이는 엄마랑 떨어진 적이 없다. 얼마 전에는 다민이를 친정에 잠깐 맡겼다가 울고불고 난리가 난 적이 있다. 7살, 5살이면 다 컸다고 생각했는데 아직도 아기다. 엄마 품을 찾을 때, 옆에 있어 줄 수 있음을 감사해야겠다. 나도 아이도 더 사랑해야겠다.

지금 이 글을 쓰는 내 등 뒤에 다민이가 바짝 붙어 있다. 조금만 기다려달라고 좋게 부탁한다. 소용없다. 그럴수록 엄마에게 달라붙는 아이다. 조금 남았는데 왜 기다려주지 못하는지. 아이가 야속하다.

"다민, 너 진짜 왜 일찍 일어나서 난리야?"

내 그릇은 좀처럼 커지지 않는다. 쉽지 않다.

6. 언젠가 내 꽃도 한 번은 핀다.

신발장을 열었다. 손이 가는 신발이 없다. 다민이 돌잔치 날짜가 얼마 남지 않았을 무렵이었다. 양가 가족끼리 조촐하게 식당에서 밥을 먹기로 했다. 식사 전에 스냅 사진을 찍기로 한 터라 옷은 갖춰 입고 가야 했다. 원피스는 인터넷으로 주문해놨고. 마땅한 구두가 없다. 무난한 검정 구두를 꺼낸다. 발을 밀어 넣었다. 그새 발이 자란 것도 아닐 텐데 왜 이리 답답하고 꽉 끼는 건지 모르겠다. 다시 구두를 신어야 할 때가 된 건가. 이리저리 밀린 원래 모습을 찾으라는 신호인 듯했다. 다시 할 일을 찾아야 하는 시간이 다가온 거였다.

두 아이가 일상의 전부가 되어버렸다. 예전에 누렸던 것들이 신기루 같다. 까마득하다. 그럴 때도 있었구나. 그때가 좋았지, 하면서 이런저런 기억들을 떠올린다. 예전처럼 살기는 어렵겠구나 싶다. 그때와 달라진 것이 많으니까. 다만 그때와 같지 않더라도 지금처럼 머물진 않아야겠다고 다짐한다.

"이 집에 우리 둘만 있던 적이 있었지?"

남편에게 종종 물었다. 결혼 전까지 부모님, 동생과 떨어져 살아본 적이 없다. 첫 번째 독립이 결혼과 함께 이루어진 것이다. 결혼식을 마치고 부모님, 동생과 다른 방향으로 돌아오는 길이 싱숭생숭했다. 결혼하고 1년이 지났을 때, 채민이를 임신했다. 이 집에 아기 소리가 들릴 것이라는 상상만으로도 가슴이 떨렸었다.

두 아이가 이 집 곳곳을 가득 채운다. 나만의 공간을 만들더라도 바로 그들에게 점령당한다. 채민이와 달리 다민이는 벽에 낙서는 기본이고 식탁, 책장에도 색연필을 들고 달려든다. 소파, 식탁, 침대. 어디든 올라가지 않는 곳이 없었다. 특히 식탁에 올라와서 이것저것 만지는 것이 위험했다. 식탁만 그대로 두고 의자와 물건들을 다 치운 채로 지냈다.

아이들이 잠들었다. 아무것도 없는 식탁에 나의 물건들을 하나둘씩 가져다가 앉는다. 책을 읽으며 나만의 공간에서 기쁨을 누린다. 내 물건들로 채워진 이 자리. 다시 나를 찾아갈 수 있을까. 조심스레 내 인생의 두 번째 독립을 꿈꾸게 되었다. 그것도 잠시였다. 식탁은 아이들 책상으로 사용하기로 했다. 식탁을 거실로 옮겼다. 아이들과 같이 책도 읽고 그림도 그리면서 보내는 시간이 점점 늘어났다.

아이들과 큰 책상에 앉아 같이 책 읽고 이야기하는 꿈이 있다. 아직은 난장판 책상이지만 아이들이 더 크면 그 꿈을 이루고 말거다. 자리 잡고 앉아 책을 읽고 있으면 어느새 옆에 와서 책을 읽는 아이들이다. 필사하고 있으면 본인들도 연필로 쓰고 싶다고 한다. 그들을 위해 기꺼이 나의 새 공책 2권을 내어준다. 이틀을 못 가서 그 공책은 장난감 통에 처박혀있다. 아까운 내 공책.

여기저기 구멍이 생기고 낡은 소파가 보기에 거슬렸다. 새 소파를 들여놓을까 알아보기도 했다. 하지만 소파 없는 거실을 선택했다. 남편에게는 조금 미안했지만. 어차피 지금 새 소파를 들인다고 해도 다민이의 손길을 피하기가 어려울 거다. 소파가 나간 자리에 드는 햇빛이 좋았다. 비어있는 공간 그대로 며칠을 보냈다. 문득 내 책상을 들여놓고 싶다는 생각이 들었다.

책상을 샀다. 소파 자리에 들어온 책상을 창문에 바짝 붙였다. 바깥이 잘 보여서 눈이 즐거웠다. 고요한 새벽에도. 아이들의 난리 속에도 여기에 앉는다. 이곳은 내 마음에 따라 조망권이 변하는 마법이 일어난다. 새벽에 앉으면 고요함이 가득한 명상 뷰

(view). 집안일을 마치고 앉아 있으면 속 시원한 청정 뷰. 마음이 답답할 때는 가끔 울컥하는 나만의 시크릿 뷰. 책맥(책+맥주)하기 좋고, 창가에서 멍하니 앉아 있기 딱 좋다. 여기가 바로 뷰 맛집이다. 완벽한 독립이라고는 할 순 없지만 그래도 이게 어딘가. 내 책상이라니. 이런 날도 오는구나. 여기서 서서히 내 영역을 늘려가야겠다. 다른 사람이 쉽게 들어오지 못하게 튼튼하게 만드는 것도 잊지 말아야겠다.

어느 날 아침. 새벽 루틴을 마치고 고개를 들어 창밖을 봤다. 창문틀에 맺힌 빗방울이 싱그럽다. 멀리 보이는 나무와 꽃의 색감에 눈길이 멈췄다. 초록과 핑크의 환상적인 조합이다. 지금 내 자리에서 보이지 않는 곳엔 얼마나 다채로운 것들이 존재할까. 모든 것이 조화를 이루어 아름다운 풍경을 보여주는 것이겠지. 이런 생각 끝엔 결국 모든 나무와 꽃은 그 자체로 가치가 있음을 깨닫게 된다.

난 저 속에서 보이지 않는 잡초에 가깝다. 지금처럼 버티고 이겨내면 들꽃쯤은 될 수 있으려나. 눈에 띄는 화려한 꽃이 되기까지는 아마 오랜 시간이 걸릴 수도 있다. 중간에 꺾이고 망가질 수도 있겠지. 하지만 내가 가고 싶은 곳. 이루고 싶은 꿈이 있다는 자체로도 이미 난 충분히 행복한 사람이 아닐까.

오늘 가슴 속에 작은 씨앗을 하나 심었다. 꽃이 되고 싶다는 꿈을 이루기 위한 첫 단계다. 가슴 속에 꿈을 품고 사는 사람이 되어 모든 순간을 꽃처럼 살아야지. 언젠간 진짜 꽃이 될 수도 있으니까.

7. 큰 그림 그리는 엄마

'군대 육아'라는 말을 들었을 때 무릎을 탁! 쳤다. 그래, 내가 지금 군대에 있는 거랑 다를 게 없구나 싶었다. 맞아, 난 지금 훈련병이다. 매번 나의 성장을 위해 훈련한다, 연습한다. 라는 말을 입에 달고 살지 않았던가. 이 이론이 얼마나 멋지냐 하면 군에 입대한 것처럼 육아도 사회에서의 모든 생활을 잊은 채로 임해야 한다는 거다. 일정 기간이 지나면 다시 사회로 돌아가야 한다는 것까지. 이토록 쉽게 설명되는 육아의 진리라니. 정신이 해이해질 때마다 떠올린다. '군대 육아!!!'

멋지게 제대하는 그날, 후회가 없도록 지금을 잘 살아야겠다는 마음뿐이다.

미리 결말을 알고 보는 책이나 영화는 재미가 없다. 힘 빠진다. 하지만 육아서나 육아 선배님들의 이야기에서는 희망을 찾을 수 있었다. 견디면 끝이 보인다는 것. 지금이 쭉 계속되지 않는다는 희소식이 그것이다. 단, 조건은 있다. 지금을 얼마나 진지하게 진심으로 보내느냐에 따라 결과가 달라진다는 것이다. 최선을 다해서 보내면 꿈에 그린 그날이 반드시 온다는 것이다. 믿기로 했다.

'거꾸로 매달아도 국방부 시계는 간다.' 라는 말도 있으니까 말이다.

책을 좋아하는 아이로 키우기 위한 노력은 진행 중이다. 아이에게 무조건 책을 강요하지 않았다. 대신 먼저 책 읽는 엄마가 되기로 했다. 종종 책 속에 스마트폰을 숨겨서 하기도 했다. 다행히 아이들은 책을 좋아한다. 의무감으로 시작한 독서 타임이 지금은 아이들과 나를 행복으로 이어준다. 한겨울 소리 없이 내리는 눈처럼 책 읽는 시간이 쌓이고 있다. 졸린 눈을 비벼가면서도 책을 읽어달라고 하는 아이를 보며 귀찮았던 마음을 다잡는다.

"자, 다 읽었다! 이제 자자"
"하나만 더 읽고 싶어"

책을 더 가져온다. '그래. 이 시간이 그리 길지 않을 테니, 읽어주자.' 하며 책을 편다. 대신 평소보다 빠른 속도로 읽어주고 끝낸다.

아이에게 읽어주다가 푹 빠진 그림책이 한두 권이 아니다. 아이 책에도 이토록 멋진 메시지가 있다니! 거기다 예쁜 그림은 그 자체로 환상적이다. 멋지고 예쁜 이야기가 말랑말랑한 아이들 머리와 가슴속에 새겨진다고 생각해본다. 책을 가까이해야 하는 이유가 명확해진다. 책을 통해 아이의 눈과 마음을 한 번 더 들여다볼 수 있다. 책을 읽을수록 아이의 인성이 중요하다는 걸 알게 된다. 아는 것에서 그치지 않고 아이와 같이 실천해보게 된다. 책이 아이와 나를 움직이게 해 준 셈이다.

아이에게 책을 읽어주며 내 책도 더 읽게 되었다. 엄마표 영어를 하다 보니 자연스럽게 내 영어 공부도 시작하게 되었다. 엄마와 아이의 긍정적인 선순환이 바로 이런 게 아닐까. 아이 때문에 선뜻 시작할 자신이 없었다. 이제는 아이를 옆에 끼고 이 길을 기쁘게 걸어가야겠다는 마음이다.

책은 아이와 엄마를 이어주는 끈끈한 연결 고리다. 시간이 지나 아이가 어른이 되었을 때도 더 많은 이야기를 나눌 수 있지 않을까 기대해본다. 부모 자식이라는 부담을 내려놓고 편안하게 대화할 수 있는 사이가 된다면 그것만큼 행복한 일도 없을 것 같다. 나보다 훨씬 큰 자식을 앞에 두고 어떤 척을 한다거나 고집을 부리고 있지는 않을까 걱정이 될 때마다 얼른 정신 차리기로 한다.

다민이가 일어난다. 엄마한테 와서 폭 안긴다. 그러더니 화장실로 간다. 까치발을 들어 스위치를 켠다. 쉬하고 나온다. 문득 언제 이렇게 컸나 싶다. 때가 되면 다 제 몫을 하게 된다는 당연한 사실에 살짝 감동한다. 채민이는 24개월까지 목에 손수건을 두르고 다녔다. 또래보다 유난히 침을 많이 흘렸기 때문이다. 어린이집 가방에 손수건을 서너 장씩 넣어 보냈다. 하지만 언제 그랬냐는 듯 갑자기 침을 흘리지 않게 되었다.

돌이켜보면 사소한 일인데 왜 큰 걱정이었을까. 시간은 흐르고 아이는 훌쩍 자란다. 앞으로 아이는 지금보다 어렵고 힘든 일을 만나게 될 테고 부모의 품을 벗어날 순간을 맞이하게 될 거다. 내 옆에 붙어 있는 시간이 무한하지 않다는 걸 떠올리면 마냥 불평만 할 수도 없다.

꼬부랑 할머니가 되어 자식과 분리된 나는 어떻게 살고 있을지 궁금하다. 오랫동안 접혀있던 나의 날개는 그때쯤이면 활짝 펴져 있을까. 난 어디에서 날아가는 중일까. 설마 자식에게 매달리거나 의지하고 있지는 않겠지. 그건 내 최악의 시나리오다.

지금을 견딜 힘이 부족할 때는 미래를 생각한다. 그 속에는 희망도 있고 낙원도 있으니까. 그곳에 초점을 맞추고 끊임없이 수정하고 계획하며 사는 중이다. 답답하고 막막하다면 멀리 보며 한 박자 쉬어가는 것도 좋겠다. 잠시 벗어나서 전체를 바라보면 가려져 있는 또 다른 답도 찾을 수 있으니까 말이다.

8. 현재를 살자.

　매일 보고 만지는 손과 발이다. 잠든 아이들의 손과 발은 유난히 커 보인다. 잠든 이 순간에도 얼마나 자라는 중일까. 아직도 '엄마, 안아줘!'를 입에 달고 산다. 한창 안아달라고 할 때인가. 이 아이를 안고 업고 다닐 땐 날아다녔는데. 이젠 무거워서 금세 내려오자 말한다. 아이들이 자란 만큼 나는 약해진다. 서글프다. 하지만 커가는 아이를 넋 놓고 바라보기엔 내 마음도 분주하다.

　아이만 바라보다 잠시 눈을 돌렸더니 세상은 빠르게 돌아가고 있었다. 나처럼 아이를 키우는 엄마들도 어찌나 열심히 사는지 놀랍기만 했다. 자기 계발을 열심히 하는 사회라니. 하지 않으면 큰일 날 분위기다. 집구석에서 볼품없는 일상을 보내고 있는 나를 뒤흔들어놓았다. 저렇게 사는 것이 맞는 건가. 나처럼 아이, 집만을 오가며 사는 건 틀린 건가. 어떤 경험이나 판단력을 거치지 않고 지금 당장이라도 남들이 하는 것을 해야겠다고 생각했다.

손에 다 쥐고 있는 것과 이룬 것은 다르다는 걸 알게 되었다. 시간이 지나니 보는 눈도 조금씩 생겼다. 예전엔 누가 뭐 했다고 하면 결과만을 봤다. 성공을 말하는 사람 자체를 보려 하지 않았다. 그저 조급하고 간절했다고나 할까. 여기도 잠깐. 저기도 잠깐. 발을 걸쳐 보기도 했다. 사람들 틈에서 재빠르지 못한 내 속도를 탓하기만 했다. 맞지 않는 옷을 입은 것처럼 불편한 감정이 자꾸 올라왔다.

정리가 필요했다. 잠시 쉬었더니 다행히도 다른 길이 보였다. 진정으로 내가 원하는 것에 집중하기로 했다. 천천히 돌아보며 고민을 해결할 수 있었다.

처음에 혹해서 들었던 몇몇 강연을 이끈 사람이 결국은 좋지 않은 결과로 무너지는 것도 여러 번 봤다. 진정성이 의심되어 이상하다 싶었던 찰나였는데 드러났다. 그 사람은 여전히 사람들을 모아서 돈을 잘 벌고 산다. 정신력이 강한 건지, 부끄러움을 모르는 건지. 알 수 없지만. 여전히 많은 이들이 조급함과 간절함을 갖고 성공한 사람들을 쫓아다니고 있는 게 현실이었다. 그리고 그 마음을 이용하는 사람도 계속 늘어나고 있다.

처음 육아서를 읽고 가슴을 쳤던 그 날이 떠올랐다. 그 이후부터 한 권씩 사서 읽었다. 밑줄을 긋고 필사를 했다. 감사일기를 썼고, 확언도 썼다. 새벽에 일어났다. 모닝페이지를 썼다. 이런 일상은 어디다 내놓을만한 특별함은 없다. 남들이 주목할만한 성과도 없다. 하지만 나는 안다. 그 시간의 나는 완전히 달라지고 있었다는 것을 말이다. 몰입하며 기본에 충실하니 남들의 속도가 예전만큼 눈에 들어오지 않았다. 내 안을 채워가니 내가 원하는 멘토가 눈에 보였다. 숨은 고수들이 보이기 시작했다.

예전보다 편안한 마음으로 나를 위한 공부를 해나가고 있다. 그중에서 글쓰기가 가장 큰 원동력이다. 글쓰기는 삶의 복합체다. 모든 것이 어우러져 글이 된다. 사소한 것이라도 써보면 달라진다. 쓸수록 내 삶에 생기가 돈다.

경단녀의 꼬리표는 시간이 갈수록 길어진다. 남편이 현역에서 활동할 시간은 줄어든다. 부모님은 점점 아픈 곳이 늘어간다. 아이는 하루가 다르게 쑥쑥 큰다. 내가 어찌 손을 댈 틈도 없이 모든 것이 쏜살같다.

"내가 스무 살이 됐을 때도 엄마 사랑해줄게"

채민이는 죽음을 궁금해한다. 사람이 나이가 들면 하늘나라에 간다는 걸 알게 되었다. 아빠, 엄마가 할아버지, 할머니가 되면 본인은 스무 살이 되고, 힘이 세진다고 했다. 동생이랑 힘을 합쳐서 돌봐줄 테니 걱정하지 말란다. 엄마가 먼저 하늘나라에 가면 어떻게 만날 수 있는지 물어보기도 한다.

아이가 아니었다면 내가 죽음을 생각하기나 했을까. 지금 해야 할 일에 정신이 없어서 놓치고 있는 것들을 따져보니 한두 개가 아니었다. 내일 하지 뭐. 급하지 않으니까. 가족이니까 이해해주겠지. 하면서 넘기는 일이 많다는 걸 알았다.

'메멘토 모리 (Memento mori)'

라틴어로 '죽음을 기억하라'라는 말이다. 언젠가 다가올 죽음을 기억하며 현재, 지금을 살아가야 한다는 것이다. 나이가 든다는 것은 죽음과 가까워지고 있다는 말이다. 두렵지만 피할 수도 없다. 하지만 기억하는 것만으로도 현재에 감사할 일이 차고 넘친다는 걸 깨닫게 된다. 잘살고 있다는 건 이런 게 아닐까. 난 이미 많은 걸 갖고 있다는 걸 아는 것 말이다. 남의 손에 뭐가 들어 있는지 궁금해하지 말자. 이미 내 손에도 있다.

글을 쓸 수 있는 노트북이 있어서 감사하다. 미치게 좋다.

마치는 글

전업주부는 매일의 작은 습관이 있어야 한다. 습관을 갖고 살아보니 참 좋다. 시간과 공간이 허락하지 않더라도 당장 시작할 수 있는 '나 사랑하기 습관'은 얼마든지 있다. 이 책을 통해 몇 개만이라도 꼭 자신의 습관으로 가져갈 수 있으면 좋겠다.

첫째, 혼자만의 시간을 지킨다. 온전히 나에게 집중할 수 있는 시간을 만들자. 하루의 시작이나 끝은 어떨까. 이 시간의 목적은 충분히 고립되는 것이다. 하루의 중간은 내 의지와 상관없는 일들에 치이기 쉽다. 잠시 멈춤이 필요하다. 혼자만의 시간을 통해 숨을 고르자. 남편과 아이 챙기느라 지친 마음을 내려놓자. 도대체 나는 어디에 있는 건지 혼란스러울 때가 있다. 그때가 용기를 낼 타이밍이다. 스마트폰, TV, 사람들에게서 눈을 돌리자. 아무것도 하지 않아도 괜찮다. 큰일이 일어나지 않는다. 가만히 있는 시간의 평온함을 맘껏 누려 보는 거다.

익숙해지면 움직이고 싶어진다. 문을 열고 나가서 걸어보자.

아이와 다니느라 불규칙했던 보폭을 일정하게 맞춰본다. 아이 행동을 주시하느라 보지 못했던 주변을 찬찬히 둘러본다. 혼자 걷는 것만으로도 기분 전환된다. 집에서 스마트폰 들여다보며 앉아 있을 시간에 움직이고 있는 내가 신기하기까지 하다. 밖에 나와서 걷고 운동하는 사람이 많다는 걸 알게 된다. 멈춰있던 시간을 더 잘 쓰고 싶은 마음이 생긴다.

몸과 마음이 어느 정도 정돈된 듯하다. 이제 머릿속을 채우고 싶다. 책을 읽거나 온라인 스터디를 해도 좋다. 우선 시작하면 읽어보고 싶은 것, 배워보고 싶은 것이 많아진다. 혼자서 실행해보니 점점 자신감이 붙는다. 해보니까 되는구나. 다시는 못할 줄 알았는데 나도 하고 싶은 게 있었다는 걸 알게 된다.

둘째, 글을 쓰자. 사랑스러운 아이의 모습을 사진을 찍고 기록한다. 쌓인 기록만큼 아이가 자란 것이 꿈만 같다. 아이 옆에 늘 함께한 나는 어떤가. 난 얼마나 자랐고 달라졌을까. 아이 기록과 더불어 나에 대한 글도 써보자. 나와의 대화, 나의 성장 기록, 나의 감정 들여다보기. 무엇이든 상관없다. 그냥 쓰기 시작했다. 풀어낼 것이 점점 많아졌다. 글로 털어내는 일이 얼마나 삶을 홀가분하게 만들어주는지 꼭 경험해보길 추천한다.

이해하기 힘든 일이 늘어간다. 절대 바뀌지 않을 상대 앞에서 진을 빼지 말자. 세상에서 유일하게 말이 통하는 상대를 만들어보는 거다. 나 자신이면 어떨까. 솔직하게 털어놓고 울고 웃고 하면서 자꾸 나랑 친해지는 거다. 몇십 년간 몰랐던 나의 모습을 발견하는 재미도 있다. 누구보다 열심히 살아가고 있는 나를 만난다.

　매일 다를 게 없는 일상인데 굳이 글로 써야 할까. 그런 생각이 들수록 썼다. 이거라도 쓰지 않으면 정말 매일 똑같았으니까 말이다. 아이 육아일기나 유튜브에 올라오는 브이로그는 왜 재미있을까. 내가 흥미를 갖고 관찰을 하니 자꾸 보게 되는 게 아닐까. 이제 나에게도 관심을 주자. 나의 일상을 기록해보면 매일 사건(?)이 끊이지 않는다. 반성, 후회, 기쁨, 슬픔을 반복하며 나도 성장하고 있다는 걸 알게 된다. 누구보다 나를 응원하게 된다.

　블로그, 인스타그램, 손으로 쓰는 일기, 모닝페이지. 무엇이든 좋다. 한 번 써보고, 내일도 조금 써보고. 서서히 쓰는 일이 익숙해질 테니 걱정하지 않아도 된다. 속으로만 생각하는 것과 손으로 써서 눈으로 보는 것은 완전히 다르다. 쓸 말이 없을 것 같아도 막상 감정이 터지는 순간이 있는데 그때가 솔직한 있는 그대로의 나를 만나는 시간이다. 매일 조금씩 쓰면서 나를 다독이자.

　셋째, 나를 먼저 챙기자. 이기적인 엄마 아니냐고?

　가만히 있다가 아무도 나를 신경 쓰지 않는다고 화풀이하는 엄마가 더 이기적이지 않을까. 엄마는 가정의 중심이 되어야 한다. 어떤 시스템이든 중심부를 튼튼하게 수시로 관리해야 탈이 없다. 특히 전업주부는 본인 스스로 챙기지 않으면 아무도 없다. 씁쓸

하지만 현실이다.

남편과 아이 챙기는 에너지에서 조금씩만 빼서 나에게 주는 거다. 에너지를 똑같이 쓰니 괜히 억울하고 분했던 마음이 점점 사라진다. 욕심도 난다. 이제 나에게 조금 더 써도 되겠지?

사소한 것이라도 나 먼저! 충분히 그럴만한 자격이 있으니까. 내가 원하는 사랑 내가 바로 꺼내주면 된다. 타인이 원할 때만 성실한 사람이 되지 않기로 하자. 누구보다 나에게 가장 친절하고 따뜻한 마음을 베풀어 보는 거다.

삶은 끊임없이 나를 사랑하고 타인을 이해하는 일이 반복된다. 이 책이 나를 사랑하기 어려운 누군가에게 도움이 되었으면 한다.

경단녀 전업주부 매일 성장기

작은 습관, 빵빵한 자존감

인쇄일   2021년 7월 31일
발행일   2021년 7월 31일
저 자   김지영
발행처   뱅크북
신고번호   제2017-000055호
주 소   서울시 금천구 가산동 시흥대로 123 다길
전 화   (02) 866-9410
팩 스   (02) 855-9411
이메일   san2315@naver.com
ISBN 979-11-90046-24-4 (03800)
정 가 13,000원